건축의 신

건축의 신 1

반자개 장편 소설

초판 1쇄 찍은 날 | 2016년 6월 22일
초판 1쇄 펴낸 날 | 2016년 6월 29일

지은이 | 반자개
펴낸이 | 예경원

기획 | 위시북스
편집책임 | 박우진
편집 | 이즈플러스

펴낸곳 | 예원북스
등록번호 | 제396-2012-000132호
등록일자 | 2012. 7. 25
KFN | 제1-010호

주소 | 경기도 고양시 일산동구 호수로 646-24 위너스21 II 빌딩 206A호 (우)10401
전화 | 031-819-9431 팩스 | 031-817-9432
E-mail | yewonbooks@naver.com

ISBN 979-11-5845-548-4 04810
979-11-5845-549-1 (set)

※ 이 도서의 국립중앙도서관 출판시도서목록(CIP)은 서지정보유통지원시스템 홈페이지(http://seoji.nl.go.kr)와 국가자료공동목록시스템(http://www.nl.go.kr/kolisnet)에서 이용하실 수 있습니다.

반자개 장편 소설
WISHBOOKS MODERN FANTASY STORY
건축의 신
1
Wish Books

CONTENTS

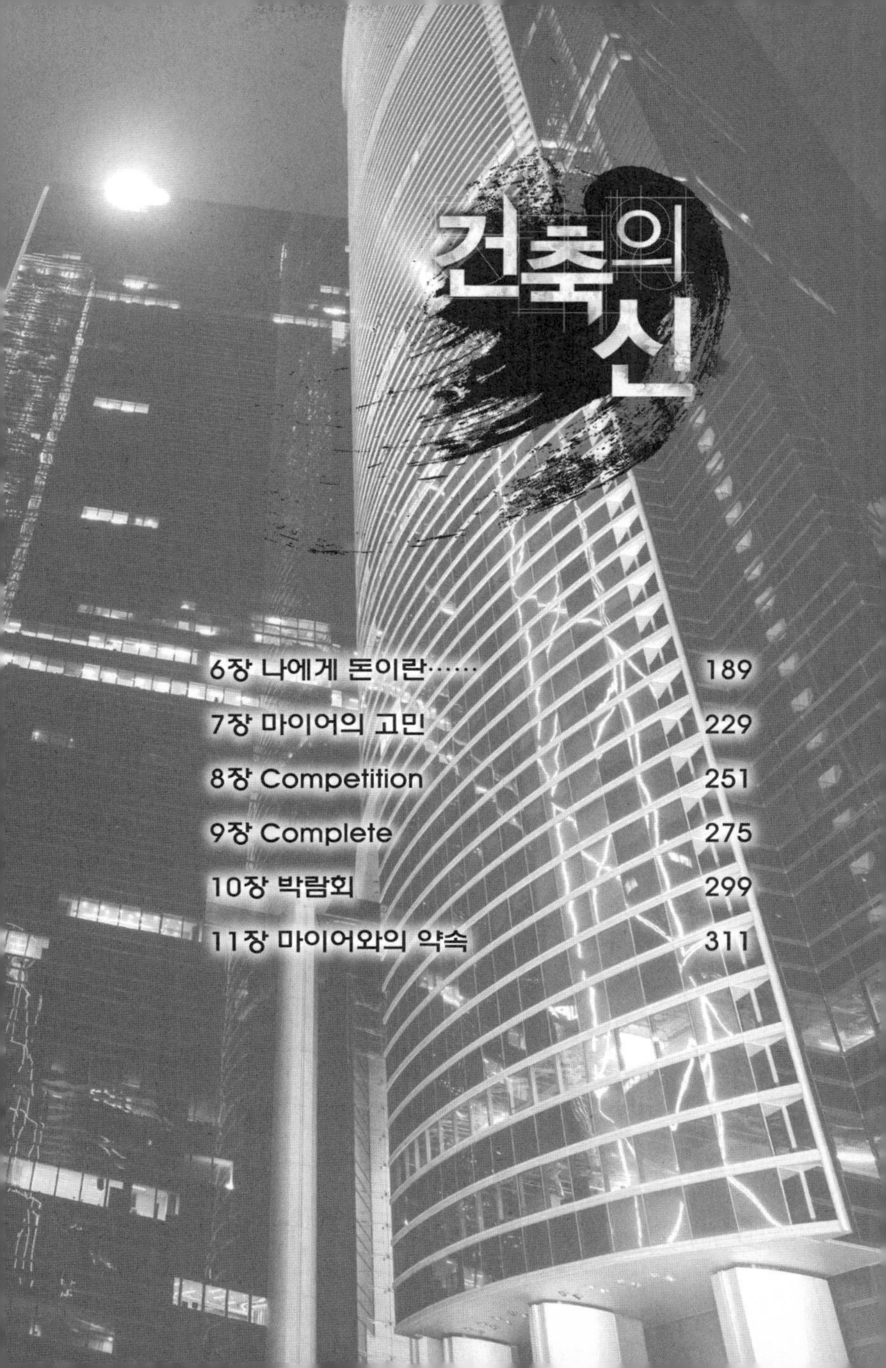

건축의 신

서장

보도블록이 출렁거린다. 가로수가 흔들거린다.

"아 씨, 엿 같네."

오늘도 나는 부장에게 욕을 먹었다.

"김 차장! 쉽게 할 거면 뭐 하러 너한테 월급 주면서 일시키냐?"

매일 똑같은 부장의 레퍼토리다.

"개새끼! 사고는 지가 쳐 놓고, 맨날 나보고 수습하래. 이게 무슨 개 같은 경우냐?"

그러고도 자리를 지키는 것은 부장의 누나가 사장 마누라라서 그렇다.

사장한테라도 말하면 되지 않느냐고?

흥! 그 새끼는 회사에 코빼기도 안 비춘다.

며칠 전에 몇 번이나 얘기를 했던 거다.

“부장님, 이거 안 돼요. 무조건 빠꾸예요. 수입 가구에 누가 국산 부품을 써요!”

그럼에도 부득불 그걸로 하겠다는 건, 부장 그 새끼가 이미 뒤로 챙겼거나 차후 챙길 예정이기 때문이다.

그리고 오늘처럼 억지로 들이미는 건 이미 챙겼는데 뱉어내기 싫은 경우이다.

이미 결론은 나 있다. 사장이 불러서 뭐라고 한마디 하고 삼킨 거 뱉어내겠지.

그걸 뻔히 알면서도 이 새끼는 이미 뱃속에 들어간 걸 토해내기 싫어서 나를 쪼아댈 뿐이다.

안 되면 내가 무능하다고 지랄발광을 하겠지.

“안 되는 건 안 되는 거라고. 대가리에 똥만 든 새끼야!”

그래도 그 서류를 들고 거래처를 찾아가야 한다. 어쨌든 갔다는 흔적이라도 남겨야 한다. 가봐야 욕이나 먹고 오겠지만.

“아, 짜증 나. 그 새끼 얼굴을 또 봐야 되네.”

내일 가야 하는 거래처에도 보기 싫은 놈이 버티고 있다. 놈의 쯧쯧 하는 소리를 또 들어야 하는 것이다.

대학 동창이라는 새끼가 친구가 아니라, 웬수다.

"이런 날 술 안 마시면 언제 마시냐? 엉?"

비틀거리면서 인도를 걸어가는데, 전화가 왔다.

"어, 우리 딸. 아빠 보고 싶어서 전화했어?"

–아빠, 또 술 마셨어? 얼마나 마셨어?

대뜸 잔소리부터 해댄다. 귀엽던 딸은 어디 가고, 이젠 그냥 마누라 복제품이다. 마치 마누라가 둘인 기분.

"아냐, 우리 귀염둥이. 아빠 쪼금밖에 안 마셨어."

너털웃음의 농담에도 전화기로 들려오는 목소리는 싸늘했다. 오히려 약이 오른 듯 쏘아댔다.

–뭘 쪼금이야! 벌써 혀가 꼬였구만!

수화기 저 멀리서 '지금 제정신이야! 인간아! 술 마실 시간에 돈이나 벌어와!'라는 소리가 들렸다.

순간적으로 화가 치밀어 올라 고함을 버럭 질렀다.

"됐어! 잔소리 그만해!"

홧김에 전화를 끊어버렸다.

그놈의 돈. 돈. 돈밖에 모른다.

"왜 내 주변에는 꼴 보기 싫은 놈들만 있냐구! 젠장!"

저 멀리 아파트 정문 앞의 신호등이 깜빡거렸다.

밤 두 시다. 오가는 차도 없다.

얼른 건너가자. 일찍 들어가나 늦게 들어가나 잔소리 시간은 같을 거고. 좀 더 일찍 잠들 수 있겠지.

그렇게 횡단보도를 거의 다 건넜다고 생각한 순간.

—빠앙!

경적 소리와 함께 헤드라이트가 나를 덮쳤다.

1장
새로운 인생

"아들! 밥 묵으라. 엄마 일 나간데이."

문 닫히는 소리가 들렸다. 잠깐 사이에 더운 바람이 들어왔다.

5년 전에 돌아가신 어머니의 목소리였다.

나는 새우처럼 구부리고 누워 있었다. 자세를 바꿔서 바로 누우려 하다가 옷장 모서리에 발가락을 찧었다.

"앗, 쓰……."

아리는 발가락을 움켜잡으며 눈을 떴다.

한참을 누운 채, 멍하니 눈앞의 천장을 보고 있었다.

일어서면 머리가 닿을 거리. 확인해 보지 않아도 알 수 있었다. 매번 그랬으니까.

20년 전 내가 살던 방이었다. 얼마나 이곳의 기억을 떨치려고 애썼던가?

단지 이곳을 벗어나고 싶어서 대학을 갔고, 자취를 한다는 핑계로 돌아오지 않았던 집이다.

"내가 왜 여기 있는 거지?"

5년 전에 어머니가 돌아가셨을 때도 오지 않았던 집인데.

머리를 쥐어뜯었다. 꿈이라면 벗어나고 싶었다.

그런데 머리카락이 짧아서 쥘 수가 없었다.

"엇? 왜 머리가?"

벌떡 일어나서 벽에 걸린 거울을 봤다.

갓 제대한 듯한 스포츠머리의 자신을 볼 수 있었다. 스무살 초반의 파릇파릇한 얼굴이었다. 뒤로 털썩 주저앉았다.

"허허허."

밖으로 나왔다. 그제야 숨통이 트이는 것 같았다. 널따란 옥상이었다.

그렇다. 어머니와 나는 부산 어딘가의 옥탑방에서 살고 있었다. 부엌까지 합해서 4평 정도의 방이었다.

옥상 난간에 기대서 밖을 내려다보았다.

"제대한 지 며칠이나 됐다고, 그런 개꿈이나 꾸는 거지?

재수 없게."

추리닝 주머니를 뒤지며 담배를 찾았다. 헐렁한 주머니를 뒤졌지만 아무것도 없었다.

방에서 동전들을 모아서 밖으로 나갔다. 말보로 한 갑을 사면서 사천오백 원을 들이밀었다. 점방 할매가 날 미친놈 보듯이 쳐다봤다. 라이터까지 포함해서 천육백 원 내고 나머지를 추리닝에 찔러 넣었다.

점방 앞의 평상에 걸터앉아 담배에 불을 붙였다. 한 이십 년은 담배를 펴온 관록 있는 모습이었다.

"콜록! 콜록! 에이, 퉤퉤퉤."

혀끝에 감도는 쓴맛과 폐를 가득 채운 매캐한 연기에 담배를 끄고 말았다. 이 무렵의 나는 담배를 피우지 않았다.

이상한 느낌. 장자의 호접지몽처럼 현실에 발을 딛고 있음에도 도드라지는 느낌! 혼자 발가벗겨져 사막에 내던져진 기분이었다.

확인할 사람은 할머니밖에 없었다.

"할머니, 오늘 며칠이에요?"

"촌놈이 무신 서울 말투고? 뭐 잘못 무긋나?"

서울 말투가 거슬리는지 할머니는 짜증을 부렸다. 서울 놈들은 전부 사기꾼이니까.

"그냥 며칠인지나 말해주세요."

"28일이다."

"몇 월요?"

"이 문디자슥 보래이! 씀질 테스트하는 기가? 4월이다. 4월 28일. 와? 년도까지 말해주까? 1997년이다. 됐나?"

할매는 눈을 희번뜩하며 툴툴거렸다.

"야야, 술 적당히 무그라. 느그 어무이 고생하는 거 안 비나? 정신 똑바리 채리고 살아레이, 문디손아."

할머니에게 대충 인사를 하고 집으로 돌아왔다. 모든 게 혼란스러웠다.

알고 있다. 지금이 그 시절이라는 것. 하지만 또 하나의 사실.

내 머리에 각인되어 남아 있는 나의 인생.

전생이라고 할까. 하지만 보통 전생이란…… 죽은 다음에 살게 되는 게 아니었던가?

그래, 나는 죽었다. 마지막 뇌리에 스쳐 지나간 파노라마로 볼 때, 100% 죽었다.

'그래도 몇 겁은 지나서 환생해야 전생인 거지. 이건 뭐지!'

다른 사람의 인생? 주인공이 난데?

뺨을 때려봤다. 꼬집어도 봤다. 벽이 울리도록 머리도 박아봤다. 하지만 돌아오는 건 정신이 아니라 고통이었다.

꿈이었나? 믿을 수 없다. 꿈이었다고 무시해 버리기엔 너무 생생했다. 그건 부정할 수 없는 내 인생이었다.

그럼 지금이 꿈인가? 어디가 현실인 건가?

그 꿈에서는 이곳으로 되돌아오지 않기 위해 발버둥 쳤었는데, 막상 이곳에 있으니 다시는 그 꿈으로 돌아가고 싶지 않았다.

내가 꿨던 꿈은 기나긴 악몽이었다. 그렇게 생각하기로 했다.

전문가의 도움을 받는다?

정신병원에 감금되겠지. 이왕 다시 한 번 주어진 인생. 감사한 마음으로 받으면 된다. 누구에게? 그런 거 모른다. 신의 실수인가 보지.

"또다시 그 꿈으로 돌아간다면? 그때 돼서 생각하자. 엄마를 만난 게 어디냐?"

어머니를 찾아보고 싶었지만, 정작 나는 엄마가 어디서 일하는지도 몰랐다. 그리고 이곳 지리도 모른다.

내가 대학에 들어갈 때 즈음이었던가?

아버지는 사업 실패로 인한 충격으로 쓰러지셨고, 결국은 지병이었던 심근경색으로 돌아가셨다.

어머니는 빚쟁이에게 쫓겨 다니셨다. 지금도 빚쟁이를 피해 숨어서 살고 있었다.

나는 빚쟁이가 찾아올 수도 있는 이 집이 싫었다. 어머니의 집은 몇 번 명절 때 들르고는 온 적이 없었다.

그나마도 취업을 하고 서울로 올라간 뒤로는 한 번도 오지 않았었다.

빚이 얼마인지 알고 싶지도 않았고, 그 금전적, 정신적 부채를 물려받고 싶지도 않았다.

그래서 거의 연을 끊다시피 15년을 살았고, 나는 어머니의 임종을 지키지 못했다.

이모들을 통해서 어머니가 그 빚을 다 갚았다는 것. 나에게 빚을 물려주지 않기 위해 얼마나 노력했는지를 알게 되었다.

슬퍼서 울었다. 하지만 그뿐이었다.

다음 날은 또 일을 해야 했으니까. 나도 갚을 빚이 많았다.

아파트 대출금, 자동차 할부금, 밀린 카드값.

아무리 짜증 나는 일이 있어도, 아무리 욕을 먹어도 일해야 했다. 하루라도 쉬게 되면 빚이 눈덩이처럼 커질 테니까. 하루하루가 공포스러웠다. 그 공포에서 벗어날 수 있는 방법은 몇 개 없었다.

일, 술, 죽음.

다시 그 꿈을 꾸게 된다면 난 그냥 죽어버릴지도 모른다.

그래서 그게 악몽이었다고 생각하기로 했다. 다시 꾸고 싶지 않은 악몽.

"그래, 전부 꿈이었던 거야. 맞아."

다시 담배 한 개비를 꺼내어 입에 물었다. 익숙한 동작으로 라이터를 켜려다가 멈칫했다. 담배를 갑에 꽂아 넣었다.

옥상 평상에 걸터앉아 생각에 잠겼다.

'아무리 생각해도 그건 내 인생이었어. 또 그런 삶을 살아야 하는 건가?'

지금이라면 바꿀 수 있지 않을까? 전생의 실수를 반복하고 싶지 않았다. 이왕 시작할 거라면 다르게 살고 싶었다.

귀찮다고 하지 않았던 공부 때문에 출세하지 못했다. 힘이 들어 미뤄둔 일 때문에 무능력자로 낙인찍혔다.

그 이후 그것들을, 그 신뢰들을 복구하기 위해 애썼지만 한 번 찍힌 낙인은 지워지지 않았다.

하기 싫은 일들을 하지 않았기 때문에 모든 것이 망가졌다. 하기 싫어도 했어야 했다. 그랬다면 결과는 다르지 않았을까!

"엄마한테서 또 도망가고 싶지는 않은데. 어떡한다……."

뭔가를 할 필요가 있었다. 이 상태로라면 나는 한 달쯤 있다가 울산으로 갈 것이다.

거기서 친구들과 어울릴 것이다. 술도 마시고, 돈이 필요하면 공단에서 일하고, 일당 받으면 다시 술 마시고.

꿈이 아니라도 그럴 것이다. 나는 내가 가장 잘 아니까. 꿈치고는 너무 리얼하기도 했다.

"등록금은 엄마가 마련할 테니까, 니는 공부나 열심히 하그라."

나는 그 말을 믿었다. 물론 열심히 공부하지는 않았지만.

전생에 있었던 일들을 노트에 적었다.

잘했던 일과 후회스러운 일들을. 했어야 했던 일과 하지 말았어야 했던 일들.

누구에게도 보여줄 수 없는 내용이다. 부끄럽고 수치스럽다. 어쩜 사람의 인생이 이따위란 말인가!

타고난 스펙은 나쁘지 않았다. 머리도, 육체도, 부모가 준 것들은 상급 아이템이었다. 제대로 쓰지 않은 것뿐이다.

그저 게을렀고, 뭐가 더 중요한지를 생각하지 않았다.

'될 대로 되라면서 살았지. 직업도 되는 대로 정했고, 여자도 그랬지. 누구랑 살아도 같을 거라 생각했잖아.'

그러지 말았어야 했는데, 내 인생에 대한 배려가 조금이라도 있었더라면 나는 미래에 대한 고민을 했어야 했다.

나는 나에게 충실하지 못했다. 나는 나라고 하는 슈퍼 엔

진을 한 번도 제 출력대로 밟아본 적이 없었다.

험한 길도 달려보고, 아우토반도 달려보고, 삼 일 밤낮도 달려봤어야 했다. 그러기에는 나는…….

그저 남들 사는 대로 살다가 남들 죽을 때 죽으면 된다고 생각했다. 그렇게 죽지도 못했지만.

"참, 병신같이 살았네. 병신."

지난 꿈에서의 20년을 돌아본 내 짧은 감상이었다. 이제 꿈은 끝났다.

오늘은 1997년 4월 28일이다.

"새로운 인생이 주어진 것인가?"

이유는 알 수 없지만, 결과는 보는 대로다.

"다시 그렇게 병신같이 살 수는 없지."

인생을 제대로 살기 위해서 필요한 게 뭐가 있을까?

인생 뭐 있어? 대충 살다 가면 되지.

그래서 나는 망했다. 이번에는 다르게 살아야 한다. 사람들에게 인정받으며 살고 싶다.

이전에는 몰랐었다. 하지만 지금은 안다.

남들은 열심히 공부해서 지금의 학교에 왔다. 나는 열심히 하지 않았다. 수업 이외의 것은 공부하지 않았다.

공부를 열심히 했었다면, 서울대를 갈 수 있었을 것이다. 차라리 고등학교 일 학년으로 돌아갔다면 좋았겠지만…….

아쉽지만 어쩔 수 없다. 다시 공부해서 서울대를 가 볼까? 하는 생각도 했었지만 이내 고개를 저었다.

20년이 넘도록 입시 공부를 하지 않았다. 가능성이 낮았다. 인생 경험으로 시험을 친다면 압도적인 결과를 내겠지만 지금은 수능 시대이다. 나는 학력고사 마지막 세대이고, 전혀 다른 관점에서 공부를 해야 하는데, 미친 짓이다. 시간낭비다. 모로 가도 서울만 가면 된다.

“나중에 스펙 딸리면 서울대 대학원이라도 가면 되지. 뭐.”

나와 비슷한 또래의 아이들은-아이들이 맞다, 지금의 내게는-감히 고개도 못 들 정도의 스펙과 실전 능력을 갖추게 될 테니까. 아니, 그렇게 만들 테니까.

고민의 결과, 돈, 건강, 경제 지식, 법률 지식. 이 네 가지로 함축되었다.

마흔 인생을 살아보니 이것만 있으면 대부분을 해결할 수 있었다.

나는 그것들을 더 단순화했다. 돈, 건강, 사람으로. 세 개로 압축한 이유는 간단했다.

돈 있고, 건강하고, 든든한 인맥이 있는데, 하고자 하는 바가 막힐 일이 있을까?

돈은 벌면 되고, 건강은 챙기면 되고, 인맥은 만들면 된다.

24살의 나에게 불가능은 없어 보였다.

"올해 말에 IMF가 있었지. 이것 때문에 취업이 어려워졌었고."

금융위기 이후로 한동안 건설 경기가 얼어붙었다.

건설 회사들이 움직이지 않으니, 나 같은 건축과 학생들은 갈 곳이 없었다. 결국은 나도 생각지도 않았던 가구 회사로 들어가지 않았던가!

동기들 중에 제대로 건설 관련 계통으로 취업한 친구들은 반도 안 됐다. 그나마도 십 년 뒤에는 거기서 또 반으로 줄어들었고.

"IMF라."

그것은 국가적인 재난이요, 위기였다. 하지만 내게는 기회로 보였다.

"일단 종잣돈을 만들자. 급속한 경제 성장이 거품이라는 게 드러나면서 달러가 두 배로 뛰었었지. 가지고만 있어도 두 배 이득이지!"

단 두 달 사이에 200% 이득을 보는 것을 못 챙겨서야 과거로 돌아온 의미가 없다.

'남에게 피해를 주고 미래를 변화시키는 거라면 피해야겠

지만 이건 그런 게 아니잖아.'

건강은? 건강하다. 제대하고 열흘도 안 된 젊은 몸이었다. 팔뚝에 자리 잡은 이두근이 각을 세우고 있었다.

"하긴. 말년에 할 게 없어서 맨날 역기만 들었지."

서른다섯에 종합검진을 받았을 때도 충치 말고는 아무 이상이 없었다. 그 이후로는 일에 치여서 받지 못했다.

적어도 큰 변화가 없다면 그 전에 내가 병으로 쓰러질 일은 없을 것이다.

친구는? 지금부터 만들어 가면 된다. 술친구 말고 믿을 수 있는 친구를. 그건 복학한 뒤로 미루었다.

삐까 번쩍 일류대도 아니고, 지금 당장 생각나는 놈들은 술 잘 먹고 여자 밝히는 놈들밖에 없었다.

"이번에는 좀 쓸 만하고 믿을 만한 놈을 친구로 사귀어야지. 돼먹지 못한 술꾼들과는 연을 끊어야겠어."

전생의 내 친구들은 지금의 나에게는 요주의 대상이 되었다.

젊음을 불사르고, 중년에 재가 된 놈들! 아무 짝에 쓸모없다. 그중에는 나에게 사기를 친 놈도 있었다.

"나중에 한 번 밟아줘야겠다. 망할 자식!"

"엄마."

"와? 불렀으면 말을 해야지."

일에서 돌아온 어머니는 지친 기색이었지만, 나를 돌아보더니 내 볼을 만지며 말했다.

"아이구, 우리 아들. 군대도 갔다 오고. 언제 이리 컸노? 나는 해준 것도 없는데."

어머니는 항상 내게 미안해했었고, 나를 원망하지도 않았었다. 돌아가실 때까지도.

너무너무 오랜만에 불러보는 호칭이었다.

내 입으로 자연스레 흘러나온 그 말이 난 너무 어색했다.

'엄마'라는 말이 원래 이런 느낌이었던가?

어머니 장례식장에서 이모가 했던 말이 생각났다.

"느그 엄마가 꼭 전해 달라 카드라."

"……."

"엄마 노릇 제대로 몬해가 미안타꼬. 다음 세상에는 잘하꾸마꼬."

그래, 나는 그 말을 듣고 울었었다. 그동안 잊고 있었지만.

이번에는 내가 잘해야 한다.

어머니는 자신의 인생 전체를 바쳐 나에게 사랑을 주었던 사람이다.

나는 코끝을 비비며, 눈물을 삼켰다.

"와? 말을 해라."

"응, 아니, 나 내일부터 울산 내려갈 거예요. 일하러."

엄마의 눈이 동그래졌다. 제대한 지 며칠 되지도 않았으니 한동안은 있을 거라 생각했던 모양이다.

"뭐할라꼬? 몇 달 더 쉬지. 니 줄라꼬 꼬추 짱아찌도 어제 담갔는데."

"먹으러 올게요. 울산에 일할 데 많더라. 거기 화학공장 많거든. 일당도 세다. 하루 8만 원 정도 해."

정확하지 않지만 예전에 그러니까 지금, 아니, 20년 전에는 그렇게 받았었다. 물론 술값으로 모두 날렸었지만.

아직은 시간관념이 헷갈린다. 혼자 생각하는 거니 미친놈이라고 부르지는 않겠지.

"와? 복학할라믄 아직 시간 있는데, 좀 쉬었다가 하지?"

어머니는 만난 지 며칠도 안 지났는데, 벌써 헤어지게 되니 내심 아쉬운 모양이었다.

하지만 나에게 시간이 많지 않았다. 기회는 다가오는데, 준비가 되어 있지 않으면 통째로 날리게 된다.

그리고 다시 기회를 기다리기엔 삶이 너무 각박했다. 빨리, 가능한 한 빨리 준비를 하고 싶었다.

그날 나는 엄마를 꼭 껴안고 잠들었다.

엄마에게 안기는 것이 아니라, 엄마에게 팔베개를 해주고 꼭 껴안아 주었다. 지금 엄마는 이전의 나보다 한 살이 어렸다. 그리고 내 품에 쏙 들어올 정도로 여렸다.

'엄마! 사랑해요.'

울산에 왔지만 거창한 계획은 없었다.

일을 해야 했다. 새벽에 직업소개소를 찾았다. 공업도시라서 일할 곳은 많았고, 사람은 항상 모자랐다.

"사장님! 더럽고 힘든 일 안 가립니다. 돈만 많이 주면 됩니다."

험상궂게 생긴 사장이 웃었다. 며칠이나 가는지 보자는 눈빛이었다.

"그래? 알았다. 좀 앉아서 기다리그라."

사람이 모이자, 사장이 분류를 하고 봉고에 사람들을 때려넣었다. 아니, 구겨 넣었다.

12인승 봉고에 15명이 탔으니 구겨 넣은 거라고 한 것이다. 봉고차는 신나게 달려서 공단에 도착했다. 필요한 사람 수대로 공단에 내렸다.

화학공단이었다.

예측했던 대로였다. 전생에서도 알바를 하게 되면 화학공단에서 주로 일을 했었다.

나와 함께 2명의 아저씨가 내렸다.

"열심히 일 안 하고 말 나오게 하면 내일부터 일 없어. 알지! 그리고 이놈 잘 가르쳐!"

못 미더운 눈초리로 나를 보며 엄포를 놓았다. 걱정 말라며 웃어주었다.

'가르치다니, 누가 누굴?'

주로 하는 일은 청소 아니면 업무 보조였다.

조장이 말했다.

"한 사람은 배관 안에서 청소하시면 됩니다."

같이 왔으니 니들끼리 알아서 일할 사람을 뽑으라는 의미였다.

노인네 둘이 서로 눈치만 보면서 하지 않으려 했다. 모두 일당쟁이로 잔뼈가 굵은 50대 후반의 베테랑이었다.

똑같은 돈을 받는데 힘든 일을 피하려 하는 닳고 닳은 사람들이었다.

이럴 거라 예상했다. 내가 조장에게 말했다.

"제가 할게요."

조장이 안도의 한숨을 내쉬었다. 원래는 조장이 지명을 해야 하지만 그도 나쁜 사람이 되기는 싫었던 모양이다.

간단하게 요령을 알려주고는 다른 일을 지시하러 2명을 데리고 갔다.

같이 온 일용직 둘이 나에게 연민의 눈빛을 보내며 열심히 하라고 위로했다.

'뭐가 뭔지 모르니 저러는 거지. 그게 얼마나 힘든지 알아? 가만있으면 중간이나 가지. 쯧쯧.'

그들이 나를 한심하게 생각하는 것이 귓가에 들리는 듯했다. 나는 정말 아무것도 모른다는 듯 웃어주었다.

이전 삶에서도 이랬다. 하지만 그때는 노인네들보다 내가 젊으니까, 내가 사정을 봐주지 하는 마음으로 했었다.

어리고 착했다. 그래 봐야 저들에게는 봉일 뿐이었지만.

지금도 같은 결과가 나왔다. 그러나 나는 속으로 쾌재를 불렀다. 내가 바라마지 않던 절호의 기회였다.

'이렇게 기회가 빨리 올 줄이야!'

일용직은 하루 일당을 받는다. 그들은 일정한 직장이 없다. 그런 사람들의 마인드는 단순하다.

'같은 돈인데 적당히 하자. 다치면 나만 손해야. 일 많이 하는 놈이 병신이지.'

그래서 평생을 일용직으로 살아간다. 꿈도 희망도 없이. 그들만의 사정은 각자 있겠지만…….

그들 나름대로는 안정을 찾는다고 말은 하지만, 진정으로 안정을 찾으려면 정규직이 되기를 원해야 할 것이다.

그러나 그들은 직원이 되기를 애초에 포기하고, 열심히 하는 자들을 바보라고 무시한다. 그렇게 타성에 젖어서 살아간다. 마음속으로는 안정된 직장을 원하면서도 그렇게 되기 위해 노력하지는 않는다.

내가 생각하는 '직원처럼 되는 법'은 간단했다.

현장 감독자에게 잘 보이면 된다. 그리고 그들의 기대를 충족시켜 주면 된다.

왜 그렇게 생각하냐고?

'내가 그렇게 일용직 노동자를 관리할 감독을 뽑았었거든. 내가 수천 세대를 다 돌면서 감독할 수는 없잖아.'

나는 그 사람을 십장으로 뽑아서 우리 회사 직원처럼 썼었다. 정직원은 아니지만, 그 아저씨는 일 년 동안 내 업무를 많이 줄여주었다.

그 사람은 남들이 이틀 일하고 하루 쉴 때, 쉬지 않아도 되었다. 직업소개소에 수수료도 내지 않았다.

무려 10%가 넘는 돈을 모두 세이브했다. 그러고도 그는 나 모르게 직업소개소 소장과 딜을 했었다.

하지만 나는 알면서도 굳이 말하지 않았다. 그건 그 사람의 재량이었고, 일에는 차질이 없었으니까.

나중에 현장을 종료하고 나올 때는 건설사 직원에게 말해

일자리를 만들어주고 나왔었다.

그를 뽑은 이유는 간단했다. 그가 나에게 열심히 하는 모습을 보였기 때문이다.

그 사람에게서 열심히 하겠다는 열의가 없었다면 그럴 능력이 없었다면 내가 뽑았을까? 절대 아니다.

그는 내가 부른 만 명의 일용직 중에 한 명이었다.

그들의 생각은 누구보다 잘 알았고, 어떤 사람이 일시키는 자의 마음에 드는지도 알고 있었다.

온몸에 땀이 주르르 흘러내렸다.

무릎을 꿇으면 등이 닿을 듯한 배관에서 실리콘 찌꺼기를 긁어내는 간단한 일이었다.

식기는 했지만 화학공정의 열기가 남아 있는 데다 통풍도 되지 않아 찜통이 따로 없었다. 어설픈 체력으로 덤볐다가는 쓰러지기 십상이다.

절대로 쉽다고는 말할 수 없다. '간단하니까 쉽잖아!'라고 말한다면, 인생 공부를 다시 하라고 말해주겠다.

"후."

대화할 사람도 없으니, 들리는 소리는 내 숨소리뿐이었다.

화학제품 특유의 구리구리한 냄새가 났다. 이런 상황을 겪어본 사람들은 절대로 하지 않으려 할 것이다.

아까 아저씨들의 마음을 너무 잘 알고 있었다. 남들이 하려고 하지 않으니, 항상 자리가 있는 것이다.

왜 나는 이 일이 기회라고 생각했을까?

공장 직원들이 하지 않으려고 하니, 외부 인력에게 맡기는 것이다. 훨씬 비싼 임금을 주고.

용역을 데리고 와도 하지 않으려고 발을 빼는 일이다. 그나마도 게으름을 피우고 잘 긁어내지 않는다. 재수가 없어서 이 일에 뽑혔기 때문이다.

그럼 조장은? 일을 시킬 때마다 용역들과 정신적 줄다리기를 해야 한다. 돈을 주고 시키면서 갑질을 못 하는 일이 이것이다.

반대로 돈을 받고 일하면서 갑질할 수 있는 일이 이 배관청소였다. 아무도 하지 않으려고 하기 때문에 나에게 기회였다.

'이 일은 내가 아도 친다!'

정신없이 긁어냈다.

덕지덕지 달라붙은 실리콘 찌꺼기는 좀처럼 떨어지지 않았다. 솔직히 해도 티가 안 나는 일이다.

칼로 뜯어낸 찌꺼기들을 배관 입구 쪽으로 밀어냈다. 시간이 얼마나 갔는지도 모른다.

배관을 두드리는 소리가 들렸다. 두꺼운 합금으로 된 배관이라 소리가 쨍쨍 울려 퍼졌다.

배관 입구로 얼굴을 내밀었다. 아마 내 얼굴은 온통 땀범벅이었을 것이다.

아까의 조장이었다. 한 30살 정도 되었으려나.

"많이 힘들죠? 사실은 이 일 아무도 안 하려고 하거든요."

그는 양손에 음료수를 들고 있었다. 아마도 잘하는지 확인하러 온 것이리라. 씨익 웃어주었다.

힘들다고 배관 밖에서 쉬고 있었으면 혼을 낼 요량으로 왔을 것이다. 내 눈에는 훤히 보였다.

그런데 예상과 달리 젊은 놈이 땀 뻘뻘 흘리면서 일을 하고 있으니, 미안해서 음료수라도 들고 왔을 것이다. 나도 그래 봤으니 잘 안다.

'오기만을 기다렸다, 이 친구야!'

"비키세요, 조장님."

긁어 놓은 실리콘 찌꺼기를 입구 밖으로 내던졌다. 한 아름 정도의 찌꺼기가 나왔다.

조장의 눈이 동그래졌다. 자신이 생각했던 것보다 훨씬 많은 양이었을 것이다.

아마도 지금까지 시켜본 일용직들 중에서는 최고일 것이다.

과거의 그 사람도 그렇게 말했으니까. 대충대충이라는 일용직의 마인드를 모르고 열심히 할 때의 기억이다.

"우와! 뭐 이렇게 많이 했어요. 읏! 이 땀 봐라."

더 놀래라고 한 움큼을 더 끄집어내었다.

"또 있어? 얼마나 열심히 한 거야!"

'앞으로 일로는 나에게 뭐라고 못 하겠지!'

내 손을 끌면서 선풍기가 있는 곳으로 갔다. 바람이나 좀 쐬고 하라고 했다.

따악-

음료수를 마시면서 조장이 말을 건넸다.

"젊은 친구가 대단하네. 천천히 해요. 그러다가 쓰러진다고."

"네, 하루 이틀 할 일도 아니니까요. 그리고 말씀 낮추세요."

조장은 아직 어려서 깊이 생각하지 않겠지만, 기억에는 확실히 남을 것이다.

하루 이틀 하고 말 일이면 이렇게 오버액션 안 하지! 이걸로 팔 개월은 버틸 거거든.

조장에게 각인을 시켜놓을 필요가 있었다. '믿음직하게 일하는 친구구나' 하는 각인!

첫인상은 잘 변하지 않는다. 사람의 신뢰는 첫인상이 전부다.

"그럴까? 그런데 한 번도 안 나오고 일한 거야?"

고개를 끄덕였다.

“좀 있으면 점심시간이야. 그때까지 쉬다가 밥이나 먹으러 가자고.”

이런저런 이야기를 하면서 쉬었다. 시원한 바람에 온몸이 상쾌해졌다.

점심을 먹고 다시 배관에 매달렸다. 얼마나 시간이 지났을까? 다시 배관을 두드리는 소리가 들렸다.

“성훈아, 쉬었다가 해.”

“네, 비키세요. 형님.”

아까보다 더 많은 찌꺼기가 밖으로 쏟아져 나왔다. 조장이 음료수 캔을 내밀었다.

따악.

“벌써 참 먹을 시간이에요?”

“이 친구야, 퇴근할 시간이 다 돼간다. 천천히 하라니까.”

그러면서도 밖으로 나온 찌꺼기 더미를 보며 흐뭇한 미소를 짓는 조장이었다.

“힘들지. 근데 이 일 계속할 거야?”

드디어 올 것이 왔다.

'그래도 이 친구, 바보는 아니네.'

조장은 다른 사람이 하기를 꺼려하는 일을 할 사람을 찾았다. 나는 계속 돈을 벌 수 있는 일을 찾았고.

사실 이전 삶에서, 멋모르고 열심히만 일할 때 이런 제안을 받은 적이 있었다.

하지만 그때는 술 먹을 돈이 필요했던 것이지, 미래를 위한 돈이 필요했던 게 아니라서 거절했었다.

또한 내가 고작 이런 일이나 할 사람으로 보이냐는 건방진 자신감도 있었다. 젊었으니까.

하지만 지금의 나는 젊지 않다. 몸뚱이만 젊다.

접대하는 것도 아닌데, 굳이 말을 빙빙 돌린다는 것이 귀찮았다.

내 앞의 어린 녀석이 알아들을지도 미지수고. 그래서 대놓고 말했다.

"네! 형님. 힘들고 더럽고를 떠나서 지금은 돈이 필요합니다."

돈이 필요하다고 생각이 되니까 '형님' 하는 소리가 술술 나왔다.

'무슨 상관이야. 이런 기회가 또 언제 올지도 모르는데. 이 몸을 하고 형님이라 부르라는 것도 웃기지.'

각오로 이글거리는 눈을 조장에게 쏘아 보냈다. 지금 당장은 이 일을 잡아야 했다.

이 일에 집착하는 데는 이유가 있다.

배관의 찌꺼기는 화학공장에 불이 켜져 있는 한 계속 쌓인다.

화학공장은 불 꺼지면 망한다. 철강 회사나 마찬가지다.

배관이 막히면 그거 뚫는 데 걸리는 비용이 어마어마하고, 그동안 라인이 멎는다.

도시에 전력은 끊겨도 화학공장 전기는 안 끊긴다. 무슨 수를 쓰더라도 계속 돌린다.

'고로 일거리가 계속 생긴다는 거지. 24시간 내내. 이거 긁으면 몽땅 돈이다.'

내게는 실리콘 찌꺼기가 금덩어리로 보였다.

"흠. 그럼 우리 회사에 취직할래?"

"아뇨, 그건 싫습니다."

단호한 내 말에 그가 이상하게 바라보았다. 좋게 봐줘서 취직을 권하는데 싫다니! 나름 A급 직장이었다.

"형님! 저는 돈이 필요합니다. 일자리가 아니라."

그는 알았다는 듯 고개를 끄덕였다.

일용직과 직원은 당연히 임금 차이가 난다.

직원은 월급이 200만 원이지만, 일용직은 일당 8만 원이다.

직원은 4대 보험을 들지만, 일용직은 들지 않는다. 직원은 안정적이지만, 일용직은 불안정하다.

하지만 순수하게 시급만 따진다면 일용직이 높다. 그러므로 일이 끊이지만 않는다면 일용직이 더 많은 돈을 번다.

내가 바라는 것은 안정된 직장이 아니었다. 수중에 당장 들어오는 돈이었다.

"좋아. 내일부터 그럼 여기로 바로 출근할래?"

"연장 근무 있습니까? 야근은요?"

그의 호의에 나는 질문으로 답했다. 이왕 시작한 거 확실하게 물고 싶었다. 돈이 필요했으니까.

"있을 수도 있고 없을 수도 있지."

"매일 야근할 수 있겠습니까?"

이렇게 물은 데는 나름 계산이 있었다. 연장 근무는 시급이 1.5배, 야근은 시급이 2배다.

연장 근무는 저녁 6시~10시까지 대략 4시간이고, 야근은 밤 10시 이후로 4시간 이상이다. 기본 근무 8시간까지 포함하면 총 16시간 정도를 일한다.

시급이 1만 원일 때 기본 근무만 하면 8만 원지만, 연장 근무를 하면 14만 원, 야근까지 하게 되면 22만 원이 된다.

일당쟁이들 세금 떼는 거 봤나? 그리고 배관의 때는 계속 새롭게 쌓인다.

"한다는 사람만 있으면 매일도 할 수 있지. 하지만 몸이

버텨내나."

"매일 하겠습니다. 저 돈 필요합니다. 그것도 많이."

아마 조장은 어린놈이 돈독이 올랐나 싶었을 것이다. 지금도 그런 눈으로 나를 보고 있으니 말이다.

"잠은?"

당연한 질문 아닌가? 16시간 일하면 잠은 언제 자는가? 얼굴에 철판 깔기로 했다.

"형님! 기숙사에 빈자리 하나 주십시오. 왔다 갔다 하면 잠잘 시간 없습니다."

"햐, 이 친구 보게. 날로 먹을라 드네. 그럼 밥은? 밥 먹을 시간도 없냐?"

"식당에서 먹게 해주십시오."

"허허허, 그래. 그래라. 대신 열심히 해야 된다."

하루 일과가 단순하게 짜여졌다.

7시 기상, 뉴스 시청, 8시 반 식사, 9시부터 새벽 2시까지 근무.

매일 아침 뉴스를 보는 것은 절대 포기할 수 없었다.

껍데기는 스물넷, 그 알맹이는 마흔둘. H.O.T를 보며 열광하기에는 너무 성숙해 버렸다.

당연히 사회 경제에 관심이 갈 수밖에 없었지만. 중요한 건 다른 것이었다.

'확인해야 해! 정말 그런지. 그냥 돌아왔다고 마냥 좋아할 수만은 없어.'

나는 이제 철부지 어린아이가 아니었다.

그리고 한 달 후인 6월 3일. 아침부터 TV가 목청을 높여 댔다.

[자금난으로 지난 5월 30일 법정관리를 신청한 한신공영은 어제 2일 최종적으로 부도 처리가 되었습니다.]

[왜 부도가 났습니까?]

[네, 한신공영은 지난달 31일 하나은행 신사동지점에 지급 요구된 1백 14억 9천 5백만 원을 비롯하여 총 2백 16억 1천 1백만 원의 어음을 결제하지 못해 1차 부도를 낸 데 이어 2일에도 이를 막지 못해 부도가 났습니다.]

[그럼 이제 어떻게 되는 건가요?]

[한신공영의 주거래은행인 서울은행은 일단 법정관리 신청에 동의한 후 제삼자 인수를 추진하겠다고 밝혔습니다. 더 자세한 소식은 파악이 되는 대로 바로 전해 드리겠습니다.]

현장기자와 앵커가 서로 핑퐁 치듯이 말을 주고받으며 한신공영의 부도 소식을 전하고 있었다.

아침 식사 후, 배관으로 가기 전에 조장을 찾았다.

"형님, 저 은행 좀 다녀올게요."

"그래, 가끔씩 찬바람도 좀 쐬고 해라. 그래 봐야 코앞이지만."

그렇다. 아주 다행스럽게도 공장 바로 옆에 OO은행이 있었다. 나는 그곳에서 달러 통장을 만들었다.

660만 원을 환전했다. 수수료 1.5% 포함한 금액이 974.4원이었다. 6,773달러가 나왔다.

환전하고 바로 통장으로 집어넣었다. 뿌듯한 마음을 안고 공장으로 돌아왔다.

"워낙 떠들썩하게 난리가 났었으니, 기억하지 않으래야 안 할 수가 있어야지."

대기업이, 그것도 손가락에 꼽을 만한 대기업이 부도가 나는 일이었으니 20년 전의 일이라도 내 머리에도 남아 있었다.

뉴스를 들으면서 나는 확신했다. 더 이상 의심할 것이 없었다.

'며칠 전만 해도 한신공영이 망할 거라고 생각이나 했을까.'

대한민국 국민들 중, 어느 누구도 그런 생각을 해보지 않았을 것이다.

'1997년 11월 3일! IMF는 반드시 온다. 이번 삶은 절대로 실패하지 않을 것이다.'

2장
공장문을 나서다

깡. 깡.

"성훈아, 밥 먹자."

식사 시간 알람이다. 매일 조장은 나를 부르러 온다. 그렇게 하지 않으면 밥 먹은 시간도 잊어버리기 일쑤였으니까.

이제는 힘들다는 것도 모른다. 어느 경지에 이르니 칼을 갖다 대면 실리콘이 알아서 일어났다.

한 아름의 실리콘 찌꺼기를 앞으로 내밀었다.

"야, 인마, 너는 인사를 항상 이걸로 대신하냐?"

그는 웃으면서 음료수를 내밀며 걱정스러운 표정으로 말했다.

"너무 안 쉬는 거 아니냐? 쉬어 가며 해. 일당은 충분히 하고 있으니까. 옆에서 보는 내가 불안해서 그래.”

내가 깎아낸 실리콘 덩어리들을 보며 질린다는 듯이 눈썹을 으쓱거렸다.

그가 내민 음료수를 받으며 말했다.

“형님, 저는 저 안이 좋습니다.”

조장이 머리를 배관 안으로 들이밀었다.

“완전 찜통인데?”

별종이라는 듯이 나를 쳐다본다.

“네, 안에 들어가 있으면 도 닦는 기분입니다. 조용해요. 제 숨소리밖에 안 들립니다.”

사실이었다. 좁고 어둡지만 내 호흡에 집중하면서 이런저런 생각을 할 수 있는 최고의 공간이었다.

“들어가 있기만 해도 마음이 편합니다. 저기 있으면 돈이 되잖아요.”

“그래도. 야. 이거 살 빠진 거 봐라.”

하루 종일 땀을 흘리니 군살이 빠지지 않고는 못 배긴다. 최소한의 지방만 남아 있었다. 90kg이 넘던 몸이 지금은 80kg도 안 나갈 것이다. 몸이 날아갈 듯 가볍게 느껴진다.

배관 청소를 하면서 많은 생각을 했다. 아침에 잠시 봤던 한신공영을 생각하면서 미래에 대한 계획을 세웠다.

'이 좁은 공간은 나를 탈바꿈시키는 고치가 될 것이다. 참고 견디면 된다.'

다음 해에는 복학을 할 것이고, 공부에 집중해야 할 것이다. 준비가 되지 않아 후회를 남기는 일은 만들고 싶지 않았다.

'지금의 42살의 내가 지금의 24살짜리들에게 이길 수 있는 것이 뭐가 있을까?'

당연히 이긴다고 생각하는 것은 내가 여전히 바뀌지 않았다는 반증이다.

단지 미래를 조금 안다는 것? 조금 더 알아서 그 지식을 돈으로 환산하는 것?

'내가 이전 삶에서 알고 있던, 지극히 경멸했던 졸부들과 뭐가 다르지? 할 줄 아는 게 돈질밖에 없는 놈들!'

나는 근본부터 달라지고 싶었다.

지금의 내가 그들과, 아니, 내 실제 나이 또래의 사람들과 비교해도 뒤처지지 않는다는 것을 증명하고 싶었다.

'나는 특별하다. 24살의 친구들에 비해서는 절대적으로 경험이 풍부하고, 42세의 친구들과 비교하면 압도적으로 젊다. 어느 한쪽에도 꿇릴 이유가 없다. 오히려 더 나은 것이 당연하다.'

실제로 나는 영어를 잘한다. 일본어도 능숙하다. 다른 외국어들도 좀 한다. 컴퓨터도 잘 다룬다. 현장 경험이 있다.

토익 공부를 열심히 해서 영어를 익힌 것이 아니다. 외국 바이어와 대화하기 위해서 익혔다.

지금 당장 토익에서 고득점을 할 자신은 없지만, 외국인과의 대화는 자신이 있다. 얼마 전까지 해도 그들과 대화를 했고, 바이어를 안내하고 다녔다.

보이는 스펙은 밀릴지 몰라도 실전에서 꿇릴 이유가 전혀 없었다. 스펙도 이제 밀리지 않아야 한다.

마흔둘의 친구들에 비해서는 젊다. 그것 하나만으로도 압도할 수 있다.

나이 사십이 넘어가고 주름이 생기면서 젊은 친구들에게 부러웠던 것은 그들의 스펙, 배경, 그런 것이 아니었다.

'단지 하나, 젊음이 부러웠지.'

젊음이라는 단어 하나에 지치지 않는 체력, 세상에 병들지 않은 몸, 무서움을 모르는 패기. 그 모든 것이 들어 있다.

나는 지금은 특별하다. 하지만 조금 시간이 지나면 특별해지지 않는 시기가 올 것이다. 그저 남들보다 약간 나은 처지가 될 것이다. 그렇게 예상한다. 돈이 조금 더 많은 사람? 그래 봤자 삼송 회장이나, 현재 회장에게는 안 되겠지. 그들에게는 전혀 특별하지 않을 것이다.

결국 내가 생각한 결론은 이거였다.

'계속 특별하기 위해서는 탄탄한 기본을 바탕으로 경험을

업그레이드시켜 가는 수밖에 없다.'

좁은 배관 안에서, 나는 공부를 하기로 결심했다.

그렇다고 미래를 안다는 장점을 버리는 것은 아니다.

하지만 그것에 전적으로 의지하지 않겠다. 나는 새로운 나를 개척하겠다.

"형님, 식당이 진짜 좋은데요. 메뉴도 좋구요."

식판에 밥을 담아 와서 조장의 맞은편에 앉았다.

"우리 회사가 복지는 좋지. 그런데 지금 그거 몇 그릇째냐?"

입은 밥을 먹느라 바빠서 나는 손가락 세 개를 펴보였다.

"아줌마가 뭐라 안 하시디?"

"더 퍼주시려고 하길래 오늘은 이걸로 끝이라고 했죠."

"아줌마도 귀찮겠지. 어쩌냐 그래도. 힘든 일 하는데 밥이라도 많이 먹어야지."

조장이 숟가락을 놓고 물을 받아왔다. 내 앞으로 스테인리스 컵을 들이밀었다.

"야, 물 좀 마셔가면서 먹어라."

"형님, 헤라(긁어내는 칼) 좀 주세요. 다 낡아가지고 잘 안 돼요."

뒷주머니에 꽂혀 있던 헤라를 식탁에 올렸다. 헤라가 반 토막이 되어 있었다. 얼마나 갈았던지 맨들맨들했다.

"벌써? 와! 너 진짜 엄청난 놈이구나. 강자로 인정한다."

"그리고요, 형님. 저 카세트 하나만 사다 주세요. 시간이 없어서요. 돈은 드릴게요."

"뭐하게?"

"라디오 좀 듣게요. 가끔씩 영어 테이프도 좀 듣고요. 복학 준비 해야죠."

"그래? 그럼 내가 쓰던 거 있으니까 그거 그냥 줄게. 얼마 전에 새 카세트를 사서 그건 안 쓰거든. 괜찮지?"

괜찮고 말고가 어디 있나!

"감사합니다, 형님!"

"충전지도 필요하지? 충전기랑."

계속 얻기만 하는 것도 사람의 도리가 아니다. 얻는 것이 있으면 주는 것도 있어야 한다.

지금 내 처지에 그런 것이 가능할 리가 없다. 거절하려는데, 그가 말을 막았다.

"주는 사람 있을 때 많이 벗겨 먹어, 인마. 내가 주고 싶어 주는 거니까 미안해하지 말고."

그가 물을 마시면서 말을 이었다.

"나는 너한테 투자하는 거다. 혹시 아냐? 잘돼서 거하게 술 한잔 살지, 안 그래?"

고마운 사람이었다. 내 인생에서 절대로 잊지 못할 사람이 될 것이다.

"반드시 사겠습니다, 형님. 고맙습니다."

다음 날 조장은 카세트와 테이프 한 세트를 가져왔다. 토익 강의 세트였다.

충천기와 충전지 한 꾸러미도 있었다. 깨끗해 보이는 것이었다.

"하도 토익이 대세라고 하길래 나도 해보려고 일 년 전에 샀던 건데……."

그가 머쓱하게 웃으며 뒤통수를 긁었다.

"솔직히 한 번도 못 봤다. 그냥 네가 써라. 대신 너는 그거 꼭 다 봐야 돼."

멍하니 바라보는 나에게 어깨를 토닥이며 격려하고는 사무실로 들어갔다.

이전 삶에서 그다지 받아보지 못한 배려를 타인에게 받는다는 건 어색한 기쁨이었다. 그것도 나보다 어린 친구에게 말이다.

그는 좋은 사람이었다. 나는 조장에게 처음으로 사람에게 빚진다는 느낌을 받았다.

'나중에 이자 쳐서 갚지 뭐. 그래도 진짜 고맙네.'

7월 1일.

홍콩은 약속되어 있듯이 중국으로 반환되었다.

8월 6일.

대한항공 여객기 801편이 괌에서 추락했다. 수많은 사람이 죽었다.

나는 매달 1일 은행으로 갔다. 환전을 하고 통장에 입금했다.

아직 환율 변동은 없었다. 그리고 계속 변동은 없을 것이다. 11월 3일 이전까지는.

나는 지금 2달 동안 모은 1,300만 원이 넘는 돈으로 뭔가를 할 생각이 없었다.

확실하지 않은 무엇인가에 도박하듯 걸기보다는 확실한 것에다가 투자를 할 것이다.

좁디좁은 배관에 혼자 있으면서 할 수 있는 것은 생각뿐이다. 손은 쉴 새 없이 바쁘지만, 머리가 필요한 일은 아니었다.

과거를 떠올리며 주식을 한다면 어디에 투자를 해야 할지 충분한 고민을 할 수 있었다.

'주식은 보험일 뿐이야. 무슨 일이 생길지 모르니까. 이제 4개월 후 나라가 망할 것처럼 들썩이는 그날이 온다.'

뉴스만 틀면 씹어 대던 열대야도 한풀 꺾였다.

"성훈아, 집을 좀 샀으면 하는데, 네 생각은 어떠냐?"

뜬금없는 물음이었다. 집에 대해서 알기는 아는 건가? 것보다 네 집이잖아!

"형님이 집 사는데 그걸 저한테 왜 물어요?"

"야. 너 건축과래매. 그럼 집 좀 알 거 아냐?"

정말 이 인간이! 생각이 있는 거냐, 없는 거냐? 영문과한테 미국 어디로 이민 가면 좋으냐고 물어보지!

"건축과가 집 짓는 거나 알지. 사고파는 걸 어떻게 알아요?"

"나 공고 나왔잖냐. 그래도 좀 더 배운 네가 낫겠지. 너 때문에 주식으로 500만 원이나 벌었는데."

하도 '돈돈' 하고 노래를 부르길래 빚 갚는 셈 치고 농심 주식을 넌지시 말했었다.

나중에 물어보니 덜컥 2,000만 원이나 때려 박았단다. 순진하고 겁 없는 사람이다.

솔직히 무서웠다. 잘됐으니 망정이지. 손해라도 봤으면 일자리를 잃을 뻔했다.

그 뒤로도 아무리 귀찮게 해도 모른다고 딱 잡아뗐었다.

이미 빚은 갚았다. 귀찮게 하지 마라. 그 돈이면 저번에

얻은 토익 강의 열 세트는 산다.

"그때는 아는 형님이 그 주식 사라고 했단 말이에요. '생생우동'이 좀 잘 팔렸어요? 이제 진짜 몰라요."

"그러냐. 아깝네, 쩝!"

그래도 이 말은 하고 넘어가야 했다. 좋은 사람인데 절망하는 모습을 보고 싶지 않았다.

"형님, 그래도 지금은 집 사지 마세요."

구구절절이 IMF 어쩌고 해도 믿지도 않을 거고 설명하기도 귀찮았다.

"올 연말에 대통령 선거 있어요. 알죠?"

"그럼 이제 두 달 남았는데. 넌 누구 찍을 거냐?"

행님아! 누굴 찍으나 마나 이미 정해져 있다네. 김대중 선생님으로.

"전 맘에 드는 사람 없어요. 그때 가서 결정할래요."

"그런데 대통령은 왜?"

"아시겠지만 대통령이 바뀌면 정책도 바뀌잖아요."

"그래도 집권 정당이 안 바뀌면 별로 변하는 거 없지 않냐?"

'그러니까! 지금의 야당이 정권을 잡는다고요. 이 단순무식아! 금융 위기로 작살나고 경제 대통령 세운다고!'

"하여간 도박하듯이 하지 마시고, 육 개월만 있다가 사세요."

나의 이런 만류에도 그는 전혀 납득하지 않았다.

"네 말이 틀린 건 아닌데, 이렇게 집값 오르다가 영원히 집 못 살까 무섭다. 더 오르면 어떡하냐?"

집은 사면 이득이다. 집값은 절대로 안 떨어진다. 그것이 이 시대의 상식이요, 진리였다.

"제 생각에는 아마 김대중이 될 겁니다."

특별한 미래를 아는 것이 아니라 일반적인 추론이니 문제 될 것은 없었다.

나는 미래가 바뀌는 것이 두렵다. 항상 조심스럽다. 다른 사람들에 비해 강점이 그거 하나인데, 나의 부주의함으로 인해 변해 버린다면 내 손으로 내 무기를 버리는 셈이 된다. 그건 아주아주 멍청한 짓이다.

"가능성이 높겠지. 그 사람이 정치 경력이 얼만데, 저번에도 거의 될 뻔했잖아."

"형님, 대통령 바뀌면 정책도 바뀝니다. 그러니까 대통령 바뀐 다음에 사세요."

조장이 웃었다. 어린 녀석이 알면 얼마나 아냐! 그런 눈빛이었다. 그러고는 장난치듯이 물었다.

"바뀔지 안 바뀔지 어떻게 아냐? 근거 있냐?"

"95년에 9.2%, 96년에 7.1%, 올해는 아직 5%가 안 돼요. 결국 별다른 이변이 없으면 계속 떨어진다는 말이죠."

역시 사람을 설득하는 데는 숫자만 한 것이 없다. 사람은 거짓말을 해도 숫자는 거짓말을 안 한다.

그러나!

나의 이런 논리적인 말이 그의 어벙벙함에 묻혔다. 왜 그런 표정이지? 잘못 말했나? 맞는데!

"……금리?"

기가 막히고 코가 막혔다. 내가 그거 몰라서 이러고 있을까! 가슴에서 튀어나오는 목소리를 내리눌렀다.

"형님, 그거 경제 성장률입니다. 금리는 11%대로 미친 듯이 올라가고 있구요."

"대가리 떼고 말하면 누구라도 못 알아듣지, 인마!"

억울하다는 듯이 조장이 따졌다.

"당연히 아시는 줄 알았죠."

"그래서! 성훈이 네가 하려는 말이 뭔데?"

"이제 내려갈 일만 남았는데 최고의 집값, 최고의 금리로 집을 산다? 저 같으면 절대로 그렇게 안 해요."

"너무 심한 비약 아니냐? 잠시 주춤하는 거겠지."

설명하기 답답해서 하늘을 올려다봤다. 굴뚝에서 허연 연기가 춤을 추고 있었다.

'하긴 그런 생각을 할 만도 하네. 내가 말한다고 해도 미친 놈 되겠지.'

대한민국이 망해도 화학공장에서는 지금처럼 연기를 뿜어낼 것이다.

공장이 이처럼 잘되고 있는데 나라가 망한다는 생각이 들까? 조장의 입장에서는 당연한 거였구나!

"그럼 육 개월도 필요 없고, 3개월만 기다려요."

"그사이 집값이 오르면 어떡하고?"

'집값이 오르기는! 경매로 나오는 매물이 줄을 섭니다요. 골라잡으면 된다고요. 좀!'

"나중에 형님이 저한테 고맙다고 절할 날 올 겁니다."

조장은 믿지 않았다. 오히려 가자미눈으로 나를 볼 뿐이다. 이 양반 눈탱이를 그냥!

'나이 많은 내가 참자. 휴!'

"대출 없이 형님 돈으로만 사는 거면 이런 말 안 합니다. 집은 사놓으면 언젠가는 오르니까요."

조장도 그 말에는 고개를 끄덕였다.

"대출 끼고 사면 그거 형님 집 아닙니다."

"……?"

"원금, 이자 다 갚을 때까지는 은행 거예요. 등기부등본에 은행이 지 거라고 침 발라 놓는다고요. 아무것도 못 하게."

'몰랐냐?'

"……."

‘아이고! 이 양반아. 차를 사도 이것저것 따질 게 많은데, 그냥 내버려 둘 걸 그랬나? 공부 좀 하게.’

이런저런 고민하며 설명하던 내가 바보처럼 느껴졌다. 처음부터 부동산에 대해 아냐고 물어볼걸!

“사든가 말든가 맘대로 하세요. 한두 푼짜리도 아니고, 일억에 가까운 물건을 사면서 그런 고민도 안 합니까?”

여전히 집에 미련이 남은 조장에게 짜증을 내고는 일하러 갔다.

‘나도 저 나이 때는 저랬지. 저 사람도 공고 졸업하고 바로 일 시작했으니…….’

일터로 향하면서 문득 든 생각이다.

그렇다. 집은 물건이다. 좀 비싼 물건이다. 들고 도망칠 수도 없는 좀 많이 비싼 물건이다.

그러기에 구입을 하기 전에는 아주 신중하게 고민해야 한다.

‘나는 그 물건을 제대로 만들고 싶은 사람이다.’

11월 3일. 나라가 술렁이기 시작했다.

곧 나라가 망할 것처럼 몸살을 앓았다. 대책을 말하기 이전에 누군가에게 책임을 떠넘기기 바빴다.

단물을 빨아먹던 정치인들은 안면을 바꾸었다. 그러거나

말거나 나는 매일 환전과 입금을 반복했다.

어차피 내가 할 수 있는 일은 없었고, 결국은 극복할 일이었다.

'설마 나라를 위해 희생하려고 돌아온 건 아닐 거야.'

나는 스스로의 책임을 회피했다. 책임질 일을 한 것은 아니지만 왠지 모를 마음의 부채가 생겼다.

12월 24일 크리스마스이브.

51,000달러가 약간 넘는 달러를 모두 한화로 바꾸었다. 수수료를 제한 9,844만 원이 통장으로 입금되었다.

떨어지는 일만 남은 것을 알고 있기에, 그 이후 2월 28일까지 받은 일당은 모두 통장으로 입금했다.

공장 문을 나서는 날. 통장에는 우수리 떼고 1억 1,300만 원이 있었다.

"내가 태워다 줄게. 가자."

조장이 운전을 하면서 물었다.

"야, 독하다 독해. 너처럼만 일하면 부자 안 될 사람이 없겠다. 어떻게 9개월을 하루도 안 빠지고 일하냐? 얼마 모았냐? 돈쓸 시간도 없었으니까, 그 돈 그대로 있겠네?"

나는 손가락 6개를 내밀었다. 열 개를 내밀었다가는 귀찮은 일이 생긴다. 그럴 이유도 없었고.

그럼에도 조장에게는 충분히 놀랄 만한 일이었을 것이다.

"헉! 이 자식. 남들은 10년 모아도 힘든걸…… 함부로 쓰지 말고…… 하긴 네가 어떤 놈인데."

그걸로 뭐할 거냐는 말에 그냥 슬며시 웃어줬다.

'마지막 빚을 갚아야지!'

그와의 정은 차치하더라도 내가 그동안 그에게 받은 정신적 부채를 청산하기로 했다.

"형님, 집 사세요."

"언제는 사지 말라면서. 하긴 네 말 듣고 안 사기를 백 번 천 번 잘했지. 지금도 그거 생각하면 가슴이 벌렁거린다."

IMF 이후, 수많은 가계가 거리로 나앉았다. 그런 일은 공장 사람들 주변에도 많았다.

대부분의 사람은 부동산의 상승 기류를 타고 싶어 했다. 시세차익, 즉 공돈을 바랐던 것이다.

스스로의 생각으로 판단하고 예측했더라면 조심했을 것이나, 그러기에는 경제 분위기가 너무 좋았다.

사돈이 땅을 사면 배가 아프고, 배앓이를 하지 않기 위해서는 나도 같이 사야 하는 법이다.

성공해도 같이하고, 망해도 같이할 테니까. 죽어도 같이 죽으면 덜 억울하지 않겠나!

그리고 십중팔구는 망했다. 그것도 쫄딱 망했다. 오죽하면 자살을 하겠는가!

조장은 나에게 신기가 있다면서 무당을 하라는 헛소리를 해댔었다. 김대중도 맞췄다면서, 칫.

김대중 아니면 김종필인데, 김종필이 안 나왔으니 누가 될지 뻔한 거 아닌가!

"그때랑 지금이랑 다르잖아요. 경매장 가면 집들이 널렸어요!"

"경마장?"

'헐. 이젠 사오정이냐!'

"경매요, 경매. 대충 보시고 울산 시내 한복판에 2번 이상 유찰된 거 있으면 사세요. 부동산에 먼저 물어보시고."

"……."

무슨 생각을 하는지 훤히 보인다. 경매로 집을 살 생각을 하니, 벌써 집이 생긴 것 같은 느낌일 것이다.

"공부 확실히 해서, 알기 전에는 끼어들지 마시고. 사기꾼 많으니까. 저번 농심 주식처럼 몰빵 하지도 마시고."

"알았어! 내가 애냐?"

주식에 몰빵 했다가 내 가슴을 철렁하게 했고, 그 뒤로도 몇 번 귀찮게 하길래, 주식으로 망한 사람들을 읊어주며 겁을 주었다.

형님이 돈을 번 것은 단지 '초심자의 행운'일 뿐이라고 말해줬다. 지식 없이 뛰어들 세계가 아니라고.

쉽사리 유혹을 떨치기는 어렵겠지만, 차기 대통령까지 맞춘 내 말을 따르는 듯했다.

어쨌거나 내가 가졌던 정신적 부채는 이걸로 끝이다.

잘되든 못 되든 자기 복이다.

학교 정문에 차가 멈췄다.

조장이 어깨를 두드리며 마지막 인사를 대신했다.

"형님! 다음에 한번 찾아뵐게요. 건강하세요."

공장에서의 9개월은 지난 삶을 돌아보며 각오를 다질 수 있는, 의미 있는 시간이었다.

그리고 내가 알고 있는 미래가 현실과 얼마나 매치되는지 확인할 수 있었다.

토니 블레어는 영국 총리가 되었다. 한신그룹은 부도가 났고, 홍콩은 중국으로 반환되었다.

울산은 광역시가 되었다. 대한항공 여객기가 괌에서 추락했다.

영국 왕세자비 다이애나가 죽었고, 테레사 수녀가 죽었다.

역사는 내가 알고 있는 것과 똑같이 흘러갔다. 별다른 일이 없다면 계속 똑같을 것이다.

이제는 나라가 망할 거라고 설레발치던 IMF가 지나갔다.

새로운 세상이여! 내가 왔다.

나는 가진 돈에서 천만 원 정도를 제외한 나머지 일억으로 주식을 샀다.

재림산업!

이 주식은 98년 10월부터 99년 7월까지 단 10개월 만에 1,200%, 즉 12배가 된다.

선배가 졸업할 때 했던 말이 단초였다.

"재림이 오토바이나 팔던 곳인 줄 알았는데 아니더라. 거기 신입 대우가 장난이 아니래. 주식도 엄청나게 올랐어."

크게 주목받지 못했던 재림산업이 현재나 재우 같은 유수한 건설사와 어깨를 나란히 한다는 이야기.

그저 그랬던 회사가 다른 회사를 합병하면서 엄청나게 커졌다는 이야기였다.

그리고 1999년에는 재림엔지니어링을 합병한다는 소문이 돌면서 그 주가가 최고치를 갱신했었다.

이전 삶에서 'IMF 이전으로 돌아가면 뭘 살까' 하는 망상을 하다가 떠올랐던 이름이고, 재미로 확인까지 했었던 주식이었다.

이 주식은 몇 년 단위로 최고점을 찍는다. 두고두고 효자랄까.

물론 그때는 망상일 뿐이었지만 지금은 현실이다.

“꿈꾸라! 그럼 이루어지리니.”

나에게 딱 맞는 말이다.

졸업하고 15년 만에 보는 학교 정문은 예전 모습 그대로였다.

‘돌아왔구나.’

18년 전으로 돌아왔다는 것이 현실로 다가왔다. 내 옆으로 여학생들이 재잘거리며 지나간다.

H.O.T가 어쩌고저쩌고 하는 소리가 들린다. 변한 것은 전혀 없었다. 변한 것은 나 하나뿐이었다. 나만 다른 사람과 달랐다.

돌아왔다는 것. 그것은 비틀린 내 인생을 모두 바꿀 수 있는 기회였다.

그동안 당해온 돈 없는 자의 설움, 능력 없는 자의 무시를 없던 일로 할 수 있는 기회였다.

나를 무시하던 뚱땡이 부장 새끼도 어딘가에서 학교를 다니고 있겠지.

아마 미국으로 유학을 가지 않았을까 싶다. 제 입으로 미국 어디 듣보잡 대학을 나왔다며 자랑을 했으니 말이다.

"나보다 3살 많았나? 한국에 갈 대학이 없어서 간 거면서."

나는 학력고사 마지막 세대였다. 94년 수능시대가 펼쳐지면서 대학들이 우후죽순으로 생겨났다.

대학의 문이 넓어진 것이다. 그 이전의 대학은 공부를 어느 정도 해야만 갈 수 있었다.

지방 삼류대라고 해도 그 문턱은 높았고, 부장 정도의 멍청이가 갈 수 있는 대학은 없었다.

그 등신은 미국 물을 처먹었다면서 제대로 된 영어 한마디 못했다.

코리아 타운에서 하는 한국인 학원에서 졸업이라도 한 것인가?

다시 만나면 어떡하나 보자! 만날 것을 생각하니 가슴이 두근거렸다.

"인생이 꼬여서 못 만나게 되면 나라도 찾아가야지."

그때는 서로의 위치가 확연히 바뀌어 있을 것이다. 왜?

술과 여자로 가득 차 있었던 대학 생활이 스펙과 능력으로 바뀌어 있을 테니까! 반드시 그렇게 만들고 말겠다.

"다시 시작이다, 파이팅."

누구에게도 들리지 않을 작은 목소리로 각오를 다졌다.

학과 사무실에서 수강 신청을 하고 한승원 교수를 찾아갔다.

작년 말에 학교 총장이 미국 예일대에 갔다가 우연히 한 교수를 만났고, 우여곡절 끝에 초빙한 인재다.

다만 그 초빙의 뒷배경은 베일에 가려져 있다. 또한 당시 나라 상황이 IMF로 말도 아니었으니, 그의 화려했어야 할 귀환은 신문 한 줄로 요약되었고, 작은 이벤트로 끝이 났다.

한승원은 원래 예일대 철학과를 졸업했다가 무슨 영문인지 몰라도 늦은 나이에 건축학과로 다시 입학을 했다.

그 후 미국 건축계에서 '예일의 신성'이라고 주목을 받은 천재다.

건축대학원을 졸업함과 동시에 탄탄대로가 펼쳐져 있었음은 말할 필요도 없다.

그런데 무슨 이유에선지 우리 대학 총장을 만나면서 갑자기 한국행을 택했다. 물론 학장의 로비가 있었음은 말할 필요도 없었겠지.

그리고 이번 해가 부임 첫해이다. IMF라는 경제 혼란 직후에 한국에 자리를 잡은 것이니, 운이 좋다고 해야 할지 나쁘다고 해야 할지 모르겠다.

다른 교수들이 보기에는 전형적인 낙하산일 뿐이었다. 보기 좋을 리가 없었다.

나는 한 교수를 내 학교생활의 첫 번째 타깃으로 삼았다. 그는 십 년 후에나 두각을 드러낼 실력자다.

십 년 후라고 해서 대기만성형의 천재냐? 절대로 아니다. 이미 천재다. 다만 한국에 인맥이 많이 부족할 뿐이다. 아주 많이!

출중한 실력을 가진 한 교수와 같이 일하며 나를 업그레이드시킬 심산이었다.

물론 그를 십 년이나 주머니 속의 송곳으로 놓아둘 생각은 없다. 칼을 휘두르려 하면 일단 칼집에서 뽑아야 하는 법.

나는 그를 내 건축 인생의 동료로 삼고 싶었다.

내 인생도 윈! 한 교수도 윈!

"어? 성훈 선배네. 벌써 제대했어요?"

"어! 농땡이, 너 여기서 뭐 하냐? 취직 안 했냐?"

"누가 농땡이에요? 이 자리는 고스톱 쳐서 딴 줄 알아요?"

94학번 후배인 선영이가 조교 자리에 앉아 있었다.

"너 같은 농땡이를 한 교수님이 받아주디? 예일대 출신이라면 학점 좀 따질 텐데."

"선배! 학점 필요 없어요? 답안지 버려 줘?"

거칠게 반응하는 선영이었다. 건축과에서 몇 안 되는 꽃이었다. 물론 건축과에서만 꽃이었다.

미대나 다수의 여성이 있는 과로 갔다면 오크로 분류가 되었을 것이다.

입학 초에는 그나마 여자 취급을 받았지만, 나중에는 모든 사람이 여자로 여기지 않았다.

물론 선영 앞에서 오크라는 말을 하면 안 되지. 전생에 죽은 걸로 충분하다. 지금은 아직 그런 말이 유행하지 않았을 뿐만 아니라 그 뜻을 알게 되면 내 뼈다귀를 추릴 녀석이니까.

화무십일홍이라. 꽃도 열흘을 가기 힘든데 꽃이 아닌 다음에야. 그래도 털털한 성격으로 대하기 편한 여자였다.

같은 과 선배랑 결혼했다는 소식이 몇 년 후에나 들려올 것이다. 진심으로 그 선배의 명복을 빌었었는데…….

그 선영이가 눈앞에 있었다. 말할 수 없이 반가웠다.

"교수님은?"

"서울에 세미나 가셨어요. 내일 출근하세요."

내일 다시 오겠다는 말을 남기고 교수실을 나왔다.

"성훈아, 오랜만이다. 전공 교수는 정했냐?"

"야. 나 1년 놀았잖아. 아직 2학년이야. 한다면 한승원 교수로 하려고."

과동기 김정현이었다. 녀석은 3학년이었다.

입대하기 전에는 별로 친하지 않았는데, 제대하고 별로 친구가 없으니 내가 반가운 모양이었다.

"한 교수? 거기 별로 인기 없어. 학과장 임 교수 쪽은 아주 난리가 났더라."

당연한 일이었다. 한 교수는 35살의 신출내기 교수다.

올해부터 교수에 임명되었으니, 알려진 것이 아무것도 없었다. 그리고 지금은 모든 학생의 지상 과제는 취업이었다.

오래된 교수일수록 기업과 많은 교류가 있었고, 그 인맥으로 학생 취직시켜 주는 것은 일도 아니었다.

물론 소개시켜서 욕먹지 않을 실력은 되어야겠지만.

실력이 없어서 취업을 못 하는 것이 아니다. 모두 실력이 있으니, 기업들이 골라가는 것이 아닌가.

교수의 추천이라는 것은 취업의 하이패스나 마찬가지였다. 참고로 아직은 '하이패스'란 말은 없었다.

"그래도 한 교수가 스펙이 좋잖아. 예일대 나왔는데!"

"야, 안 그래도 예일대 나왔다고 교수들이 고까워하는데, 그 학생들은 곱게 보겠냐?"

"하긴 우리 입학 때만 해도 최고가 서울대 출신 교수들이었으니까."

직장에서만 파벌이 갈리고 연줄이 있는 것이 아니다. 교수들 사이에서는 더 심했다.

'하긴 교수들도 직장인이니까. 쩝.'

'내가 졸업할 때 즈음에는 한 교수에게 줄을 대려고 안달 나게 만들어주지.'

지금은 한승원 교수를 아무도 알아주지 않는다.

애초에 한국에 예일대 출신의 건축 전공자가 드물었다.

몇 사람이 있기는 하겠지만, 그들은 한국에 인맥이 있어 그들 중에서도 대우를 받는다.

하지만 한 교수는 같은 예일대라도 한국에 연줄이 없다.

한 교수의 가족은 한 교수가 어릴 때 미국으로 이민을 갔고, 거기서 대학을 졸업했기 때문이다.

소위 SKY대 출신들보다 더 뛰어난 스펙임에도, 그는 이방인이었다. 사자도 하이에나 틈에 끼이면 물어뜯긴다.

그리고 무엇보다 그는 타협을 모르는 사람이다. 자신만의 고집을 가지고 건축을 대한다.

한마디로 꼬장꼬장하다. 젊은 사람이 가지기 어려운 장점이지만 대인관계에 있어서는 독이다.

그래서 학계에서, 가까이는 학교 교수들 사이에서도 왕따를 당한다.

인맥이 없고 성격으로 인해 경원시당하니 실력이 있어도 드러낼 수 없었다. 멍석이 깔려야 뭐라도 할 것 아닌가!

'하지만 조금만 시간이 지나면 미국에서 공부한 학생들이 귀국을 하게 되지.'

그들의 대부분은 IMF라는 고난의 시대를 악으로 깡으로 버티면서 공부한 사람들이다.

한국 경제가 흔들리면서 자신의 부모에게서 지원이 끊어졌음에도, 외국인이라는 차별을 버티며 학위를 딴 사람들이다.

그런 사람들이 한승원 교수를 중심으로 뭉치고 학맥을 만들게 된다. 원래 독한 사람들이 뭉치니 더 강해졌다.

'지금은 마이너지만 10년 뒤에는 전혀 상황이 다를걸.'

한승원 교수는 능력이 있는 사람이다. 다만 지금은 때가 아닐 뿐이다.

스스로의 힘으로 대한민국을 대표하는 건축가가 되었는데, 지금이라고 달라질 것은 없었다.

'무엇보다 다른 사람들과는 좀 다른 철학이 있는 사람이지. 그런 사람이 하루라도 빨리 자리를 잡는 게 우리나라를 위해서 좋아. 나를 위해서도 좋고.'

나는 내 스스로의 성공을 위해서 한승원 교수와 함께하기로 했다.

거기다 이제 곧 나이 들어 은퇴할 교수님들보다는 젊은 친구가 좋았다.

오랫동안 윈윈할 수 있고, 무엇보다도…… 다루기 편하다. 나는 액면가 24살의 마흔셋 중년이었다.

꼬장꼬장하니 힘들지 않겠냐고?

헐. 나 마흔셋이라니까. 찬물 더운물 안 가리며 똥물 뒤집어쓰고 살았다고! 온실 속의 엘리트와 비교되면 섭섭하다.

"나도 성공 한번 해봐야지. 남 좋은 일만 시킬 수는 없잖아. 안 그래?"

들어주는 사람은 없었지만 배관 안에서 9개월 있다 보니 혼자서 중얼거리는 버릇이 생겼다.

"자네, 2학년 아닌가?"

"네, 맞습니다."

"전공은 3학년부터 정하는 걸로 알고 있는데. 아닌가?"

듣던 대로 꼬장꼬장한 한 교수는 나를 이상한 눈으로 쳐다봤지만 어쩔 수 없는 일이었다.

나는 교수보다 어렸다. 한국에서 어리면 거의 절대적 '을'이다. 대등한 입장이 아니라는 말이다.

"어차피 3학년 되면 교수님께 지원할 겁니다. 그 전에 미리 배우고 싶습니다."

"이상한 친구로군. 돌아가. 배우려는 자세는 좋지만 그게 내가 자네를 받아야 할 이유라고는 납득되지 않아."

'어차피 찬밥 신세면서. 꼬장꼬장하기는.'

여기서 한 교수를 납득시키지 못하면 나는 일 년을 기다려야 하고, 그러면 계획에 차질이 생긴다.

내게 시간은 금보다 귀했다.

'한번 부딪쳐나 보자. 안 되면 다른 방법 찾지 뭐!'

한 교수를 도발했다. 뭐 뜯어먹을 거 있다고 한국 왔냐! 물론 그렇게 대놓고 물으면 안 되고.

"예일대를 우수한 성적으로 졸업하셨다고 들었습니다. 저는 오히려 교수님이 이상합니다. 미국에서 건축을 하셔도 되고, 대학에서 교편을 잡아도 될 텐데 왜 한국까지 오셨습니까?"

2학년인데도 찾아와서 가르쳐 달라는 내가 싫지는 않았던지, 한 교수는 어깨를 으쓱하며 답을 해줬다.

"그거야 한국에 살고 싶어서지. 미국도 좋아. 하지만 나는 한국 사람이거든. 한국 전통 건축도 좋고 말이야."

그는 매우 단순한 이유로 한국행을 택한 심플한 아메리칸이었다.

전통 건축이라! 그것 때문에 한국에 왔다? 그럼 방법이 있지.

"저는 전통 건축을 좋아합니다. 그리고 잘 압니다. 적어도 전통 건축에 대한…… 사랑만큼은 누구에게도 뒤지지 않을 겁니다."

전통 건축은 한 교수의 관심 분야이지, 전공 분야가 아니다.

문서로 접하고, 궁금증을 풀기 위해 연구함으로써 알게 되는 것에는 분명히 한계가 있다.

미국에서 한국의 전통 건축을 얼마나 공부했겠는가?

제대로 된 서적도 없었을 텐데. 그렇다면 내가 더 잘 아는 것이 당연했다.

지식이라고 하면 자존심이 상할 테니, 사랑으로 포장한 것뿐이다.

한 교수의 얼굴이 묘하게 변했다. 인상 쓰는 것은 아닌데, 이해 불가한 뭔가를 바라보는 눈빛이었다.

'너무 세게 나갔나?'

보통 사람 같으면 기분 나쁠 수 있다. 더군다나 지성에 대한 자부심이 있는 교수라면 자존심이 상할 수도 있었다.

하지만 그는 화내지 않았다. 오히려 흥미를 보였다. 합리적인 사람이다. 선생이라고 모든 걸 다 알지는 못하잖나.

미간을 좁히며 의심스러운 듯 물었다. 내가 약 파는 걸로 보였던 것 같다.

"겨우 2학년인데 어떻게 그걸 그렇게 많이 안다고 확신하나?"

'전생에 수많은 사찰과 전통 가옥을 방문했습니다요. 한 교수님아.'

하지만 그것을 말할 수는 없는 법. 그리고 구라를 친다고 확인할 수도 없으리라.

"경복궁 가보셨습니까?"

"당연히 가봤지. 한국에 들어오자마자 거기부터 가봤지."

아주 기분 좋은 경험이었던 듯 그는 얼굴에 미소를 지었다.

"그럼 양동마을도 가보셨어요?"

"양동마을? 거기는 어디야? 안동 하회마을을 잘못 알고 있는 거 아니야?"

하회마을까지 아는 것을 보니, 꽤나 관심을 가지고 연구했나 보다. 외국인치고는…….

"양동마을을 모르면 진정한 한국의 전통 건축을 안다고 말할 수 없죠."

에헴! 여기부터는 약을 팔았다. 어쩔 수 없지. 사람 낚는 데는 궁금증이 최고다. 전생에 나는 영업과장이었다.

"정말?"

'진정한 한국 전통 건축'이라는 약발이 먹혔는지, 한 교수가 의자를 당겨 앉았다. 경청할 자세가 되었다.

경복궁이 왕의 거처라면 경주 양동마을은 실제적인 양반

들의 집이다.

세도가들이 살던 안동 하회마을과는 또 다른 느낌이 있다.

어쩌면 중산층의 양반 문화를 가장 잘 드러내는 곳이 아닐까 생각된다.

고관대작들이 살았던, 고래등 같은 기와집은 아니지만, 그 속에서는 그 시대의 생활상이 묻어나온다. 등등의 썰을 풀었다. 내 경험상 반은 넘어왔다.

교수가 모르는 것을 내가 알고 있다는 것. 그것도 관심 분야를 말하는데 안 넘어올 리가 있나.

나는 말하고 교수는 경청했다.

"교수님! 그래도 부석사는 가보셨겠죠?"

"거기도 아직이야. 들어보기만 했지. 가보고는 싶었지만 도로가 너무 복잡해서……."

한 교수는 아쉽다는 듯이 말꼬리를 흐렸다. 당연히 그럴 거라 예상했다.

아직 내비게이션이 상용화되지 않았을 때다. 그런데 한국이 초행길인 사람이 찾아갈 수 있을까?

잠깐만 표지판을 놓쳐도 삼천포로 빠지는 게 한국의 도로 상황이다. 미국 도로를 생각하다가는 2박 3일이 걸려도 못 찾아간다.

나는 당신이 봤든지 못 봤든지 관심없다는 듯 내 말만 계속했다.

"만약에 가시게 되면 무량수전에서 소백산맥 쪽을 한 번 바라보세요. 소백산을 배경으로 담벼락과 건물들이 쪼르륵 서 있는데, 곡선과 배치가 정말 예술이죠. 특히 구름 낀 날에는 소백산 자락에 구름이 살포시 앉아 있는데, 그 운치가…… 캬! 정말 말로는 설명할 수 없죠!"

두 손을 흐느적거리며 내가 느꼈던 감동을 생생히 늘어놓았다. 마지막에는 쌍 엄지를 들어 올렸다.

'책과 사진으로는 절대로 그런 감동 못 느끼지. 미녀를 눈팅만 한다고 알 수 있나! 직접 만져 봐야지.'

전통 건축 때문에 한국에 올 정도면 목마름도 장난이 아닐 것이다. 한 교수의 미래도 전통 건축과 연관이 있다.

말을 끝내고, 한 교수를 바라보았다. 그 느낌이 오는지, 내가 말하는 내내 눈을 감고 상상하고 있었다.

'미국의 산으로는 그 느낌 모를 텐데, 쩝. 어쨌거나 거의 넘어왔네.'

왜 이렇게 얼토당토않은 약을 팔아 대냐고? 그건 그렇지 않다. 실제로 가 봤고, 여러 곳을 답사했었다.

한 교수가 나의 말을 의심해서 인터넷을 찾아볼 것이라는 생각은 추호도 하지 않았다.

네이머가 1999년, 밀레니엄이 시작되기 직전에 포털 서비스를 시작했다.

아직 1년이 더 남았다. 그 이전의 인터넷이란 정말 원시인 수준의 정보 검색이었다.

'이제 방점을 찍어야지!'

"그리고!"

'그리고? 또 무슨 할 말이 남았냐?'는 듯한 교수가 두 눈을 으쓱했다. 잘생긴 이마에 주름이 잡힌다.

"그 절경을 최고로 멋있게 감상할 수 있는 포인트가 있습니다."

한 교수가 어깨를 앞으로 디밀었다. '어디! 어디!' 정도로 해석 가능하겠다.

귀를 내 입에 갖다 댈 기세였다. 궁금하냐?

"거긴 저밖에 모릅니다. 하하."

한 교수가 의자 등받이로 털썩 등을 기댔다. 기대가 너무 컸던 거다. 쉬우면 재미없지!

"에이, 사람 이렇게 약 올리긴가. 너무한데. 그런데 자네는 어떻게 그렇게 잘 알 수가 있나?"

"제가 가본 곳 중에 몇 군데만 말씀드린 거예요. 그쪽으로 관심이 많아서 어릴 때부터 엄청 돌아다녔습니다."

어릴 때부터 관심이 있었다는 것은 거짓말이지만 많이 돌아본 것은 사실이었다.

나이를 먹으면서 자연스럽게 눈이 가는 곳이 전통 건축이었고, 한국의 세계화가 이루어질수록 독창성을 내세울 것은 전통밖에 없었다.

미국에 미국 문화를 팔아먹는 것은 어렵지만 전통 문화를 쉽다. 일단 새로우니까. 오죽하면 한식 열풍이 전 세계를 휩쓸었을까?

때마다 방송으로 전파를 했으니 모르면 오히려 바보였다.

"경주 양동마을부터 시작해서 경복궁까지 안 가본 곳이 별로 없죠. 언제 시간 나시면 안내해 드릴까요?"

한 교수가 벌떡 일어섰다. 주인 잃은 의자가 뒤로 넘어졌다.

"진짜? 같이 가줄 수 있어? 언제?"

'말해라. 말해라. 와 달라고 부탁하라고.'

주문을 걸었다.

"아니지! 여기 오면 되겠네. 자리 만들어 둘 테니 언제든지 와라. 환영한다!"

배고픈 곰이 미끼를 물었다. 덥석!

"네, 그러겠습니다. 교수님의 즐거움을 위해서라면 운전기사를 마다하지 않겠습니다."

의욕 있고 능력도 있는 한 교수는 그렇게 나와 인연을 맺었다.

"성훈아, 부석사 언제 갈 거냐?"

내가 교수실을 갈 때마다 듣는 말이다.

한 교수는 학생들에게 인기가 없다. 취업이 급한 선배들은 아무도 그의 세미나 그룹에 들지 않았다.

그래서 생긴 교수실의 빈자리를 쓰라고 했다. 선심 쓰듯이 말이다. 당연히 나는 그곳에 둥지를 틀었다.

시간이 남거나 수업이 없으면 항상 교수실에서 죽치고 앉아 공부를 했다. 교수는 내가 부석사 가이드로 보이는 모양이다.

'이 양반아. 편도만 4시간이야! 왕복 8시간 걸리는 거리라고. 옆 동네인 줄 아나.'

괜히 부석사 이야기를 꺼내 가지고. 그냥 양동마을 정도만 했어도 될걸. 지금 와서 후회해도 소용없었다.

이미 교수는 거기에 꽂혔다. 하지만 지금 당장은 교수를 위해 움직여 줄 생각이 없다. 전혀! 배부른 곰은 말을 안 듣는다.

"사내가 한 번 뱉은 약속! 어기지 않습니다. 걱정 마십시오."

큰소리 떵떵 치면서 나만 믿으라고 했다.

그리고 언제라는 말을 절대 하지 않았다. 목말라 본 사람만이 그 가치를 아는 법이다.

'자꾸 그러면 내비게이션 달고 나서 가는 수가 있어.'

지도 보고 찾아가야 하는 시대였다. 대한민국 방방곡곡이 머릿속에 없으면 여행 자체가 불가능했다. 적어도 나로서는.

내비가 없으니 지도책을 봐야 하는데, 그것만 펴면 머리가 어지러웠다. 돌아가고 싶다, 젠장.

'어쩜 이렇게 불편하게 살았을까.'

미래에서 온 사람들이 성공해서 떵떵거리고 잘 먹고 잘 산다는 소설은 전부 거짓말이다.

지금은 스마트폰도 없다. 불편함의 극치다. 휴대폰으로 사진 찍는 시대가 온다고 하면 모두 미쳤다고 할 것이다.

'슬라이드 폰도 아직 안 나왔구나. 폰의 세대교체라면서 불티나게 팔렸는데.'

건축 때려치우고 휴대폰 회사나 차릴까 하는 생각을 안 해 본 것도 아니다.

하지만 그러면 두 번째 삶에서 나는 남의 재능이나 훔치는 거짓인간이 될 것이다.

배관 일을 하면서 결심했던 것은 '주식 외에 다른 것은 일체 손대지 말자'였다. 주식은 보험일 뿐이다.

알고 있는 미래를 송두리째 바꾸기 싫었다. 바뀌어버린 미래는 미래가 아니다. 내 손으로 망치고 싶지 않았다.

그래도 약속은 지켜야 하는 것.

"교수님, 이번 주말에 양동마을이나 한 번 다녀오시죠."

"이번 주는 시간 되냐?"

한 교수의 입이 헤벌레 벌어진다.

내심 흐뭇하게 웃었다.

"교수님, 가시면 턱 조심하셔야 됩니다."

교수가 눈을 동그랗게 떴다. 왜!

"집들이 하도 신기해서 넋 놓고 걸어 다니다가 자빠지거든요."

나도 20년 전에 가서 입을 떡 벌린 곳이거든. 그 시대에 그런 구조와 공간들을 어떻게 생각해 냈는지.

계급사회 자체를 좋아하지 않는 내가 보기에도 그 시대의 장인들이 존경스러워지는 건축물이었다.

한 교수가 마음을 먹는다면 다른 교수들과 친해질 수도 있을 것이다.

그들과의 정보 교류를 통해 어디가 볼 게 많고, 어떤 게 좋다 정도는 알 수 있을 것이다.

하지만 한 교수는 마인드 자체가 미국식이라, 남의 눈치를 보지 않는 사람이고 꼬장꼬장하다.

합당하지 않은 것에 숙이고 들어갈 정도로 자존심이 약하지도 않다. 그런 그가 알 수 있는 것은 책, 그리고 나를 통해서였다.

'책으로 알게 되는 것은 한계가 있고, 나는…… 쉽지 않은 남자지.'

한 교수는 이따금 당근을 주지 않으면 어디로 튈지 모르니, 가끔은 갈증을 해결해 주어야 한다.

"뭔가 일거리 하나 안 떨어지나? 미국에 있을 때는 기업들이 종종 설겟거리를 던져줬는데."

입이 찢어져라 하품을 하며 중얼거리는 한 교수였다.

'인지도가 이래서야 제대로 된 일이 올지……. 비비기라도 잘하면 모를까! 쯧쯧.'

내가 보기에는 얻어걸리면 몰라도 자력으로 설계를 따오는 것은 요원해 보였다. 해서 위로의 말을 던졌다.

"오겠죠. 코딱지만 한 일이 걸리면 여기로 떨어지지 않을까요?"

"그래, 코딱지만 한 거라도 나왔으면 좋겠다. 설계를 하고 싶어 죽겠어."

그냥 하면 안 되느냐고? 선 죽죽 그으면 되지 않느냐고 하는 사람은 초짜다.

설계란 게임과 같다. 건축주가 오더를 내리는, 제한된 공간과 제한된 조건!

그 모든 것을 만족시키되, 아름다워야 하고 건설 비용이 저렴해야 한다. 또한 새로워야 한다.

설계! 그 자체가 도전이고 게임이다. 텅 빈 땅에서 건물이 솟아나는 거니까. 건축은 창조의 예술이다.

그리고 얼마나 고객의 니즈를 만족시키느냐! 거기에서 건축가의 가치가 결정된다.

한 교수는 자신의 가치를 알리고 싶은 것이고, 더불어 자신의 감각이 둔해질까 염려하고 있었다.

'뭐! 한 교수의 운에 달린 거지.'

3장
배우고 싶었던 그림

오랜만에 도서관을 들렀다. 정확히는 15년 만이다. 달라진 것은 하나도 없었다. 당연한 일이겠지.

아직 자신은 한글에 익숙하지 못하니 양동마을에 대한 자료를 찾아봐 달라는 한 교수의 부탁 때문이다.

"젠장, 다음부터는 어디 가자는 말 하나 봐라."

한 번을 가도 약속은 지키는 것이다. 최대한 가까이 있는 것부터 답사를 하면 될 것이다.

다행이라면 다행인 것은 인터넷이 발달하지 않음으로 인해 거의 대부분을 책으로 찾아야 한다는 것.

네이머가 생기면 그때부터는 알아서 조사를 하겠지. 그리고 나를 운전기사로 써먹겠지.

"밖으로 나돌 구실을 찾아야겠어."

그 전까지는 어떠한 정보도 주지 않겠어. 미국에서 전통 문화를 공부했으면 얼마나 했겠나!

아직은 번역된 것도 몇 개 없었을 건데. 나는 확신했다.

왜냐? 한국이라는 나라는 2002 월드컵이 개최되기 이전에는 일본의 속국 정도로 치부되고 있었으니까.

개개인마다 차이가 있겠지만, 나는 88 올림픽보다도 2002 월드컵이 훨씬 더 한국의 위상을 높였다고 생각하는 사람이다.

대충 몇 권을 뒤적이며 남한산성에 대한 자료를 찾고 있는데 '그림 그리는 법'이라는 제목의 책이 눈에 들어왔다.

나는 그림을 배우고 싶었다. 아주 오래전 일이다.

'그 친구가 홍대 미대 출신이라고 했었지.'

전생에서 모델하우스에 들어가는 디피 가구 일을 할 때, 미대 출신의 남자를 만났다.

디피 가구는 디스플레이용 가구를 말한다. 쉽게 말해 장식용 가구이다.

기존의 앤틱 가구를 사용하기도 하지만 주로 주문형 가구가 많았다. 그는 가구 디자인 회사의 직원이었다.

그는 자신이 만들고 싶은 제품을 말로 설명하지 않았다. 그림으로 그리면 금방 알 수 있는데, 여기는 이런 곡선, 저기는 저런 곡선이라고 설명하지 않았다.

처음에는 텅 빈 종이였다. 그 위에 선이 그어지니 공간이 생겨났고, 곡선이 들어가니 아름다움이 탄생했다.

짧은 시간에 그림 하나를 완성하는 것은, 내가 보기에는 묘기에 가까웠다.

그 사람을 좋아하진 않았다. 까탈스러워서 맞추기 어려웠다. 하지만 그 실력에는 감탄을 했던 기억이 남아 있다.

나도 내가 만드는 집에 대해 말로 설명하고 싶지 않았다.

“말이란 그 사람이 가진 관념에 의해서 다르게 전달되거든. 가장 편한 건 그림이지.”

이미지를 설명하는 데 말로 표현하는 것은 하수 중에서도 가장 하수가 하는 짓이다.

그 기억 때문에 나는 그림을 배우고 싶어 했다. 그때는 현실적으로 불가능했지만 지금은 가능하다.

공장에서 일하면서 ‘미대를 갈까?’ 하고 잠시 생각했던 적도 있지만 그 생각을 접었다. 건축이 더 좋았다.

지금 필요한 건 미대생의 지식이 아니라, 내 머리의 이미지를 얼마나 그림으로 잘 표현할 수 있느냐 하는 것!

내게 있어서 그림은 그 이미지를 효율적으로 빠르게 형상화할 수 있는 기술일 뿐이었다.

미술사를 배우고 색감, 공간을 배우는 등. 그런 잡다한 것을 배제하고 싶었다.

물론 그림을 배우면서 이런 내 생각이 얼마나 잘못된 생각인지 알게 되었지만 그건 그 이후의 일이다.

빌린 책을 교수 책상에 올려놓고, 자취방 근처의 미술 학원을 찾아갔다.

문을 열고 들어가니 하얀 벽의 널찍한 공간에 석고상 몇 개가 보였다. 그리고 한쪽 벽면에는 가르치는 학생들이 그린 듯한 그림이 줄줄이 붙어 있었다.

선생은 나를 돌아보았다.

"잠시만 기다려 주시겠어요?" 하고는 학생에게 조곤조곤하게 이런저런 설명을 이어갔다.

학생이 알아들었는지 확인하고 머리도 쓰다듬어주는 게, 배려 있게 잘 가르치는 선생 같았다.

나는 알겠다고 고개를 끄덕이고 벽에 붙은 그림들을 훑어보았다.

'흠. 좀 실력이 있나 보네. 주로 입시반 학생들을 가르치나 봐.'

그림 하단에 무슨 학교 몇 학년이라고 써 있었으니 금방 알 수 있었다. 재능 있는 아이만 가르치는 것이 아니라면 가르치는 실력이 상당히 좋은 것이다.

내심 만족스러웠다. 내가 필요한 것은 그림을 잘 그리는 화가가 아니라, 잘 가르치는 사람이었으니까.

이삼 분 지났을까? 선생이 다가왔다. 30살 정도의 곱상한 미인이었다. 내가 먼저 인사를 했다.

"안녕하세요. 그림을 배우고 싶어서 왔습니다."

"입시 준비를 하시려는 건 아니시죠?"

선생은 내가 입시생이라기엔 나이가 많아보였는지 살포시 웃었다. 초면에 실례를 하는 게 아닌가 걱정하는 느낌이었다.

"하하, 그건 아닙니다. 건축과 학생인데, 그림 실력이 딸려서 기초부터 배우고 싶어서 왔습니다."

"아. 건축과시구나. 그래서 몸이 이렇게 좋으신가 보다."

순간 기분이 묘했다. '건축과면 노가다를 하는 줄 아나?' 하는 언짢은 마음과 몸이 좋다니 뿌듯한 마음.

웃어야 할지 울어야 할지. 그러면서도 웃겼다. 기분 나쁘지도 않았다.

'이 여자. 살짝 허당기가 있네.'

선생은 전혀 무시하는 말투가 아니었고, 오히려 감탄하는 말투였다. 그러면서 계속 말을 이었다.

"키도 크시고 비율도 좋으시네요. 아! 빈말 아니에요. 호호, 커피나 드시면서 말씀하시죠."

제 할 말만 늘어놓더니 나를 사무실로 안내했다. 책상 하나에 테이블 하나, 그리고 이인용 소파 2개가 있었다.

응접실 겸 사무실인 모양이었다. 뻘쭘하게 따라 들어가서 소파에 앉았다.

선생은 커피 두 잔을 타오더니 살갑게 말을 붙였다.

"혹시 운동하셨어요? 몸이 각이 딱 잡혀 있고 라인이 좋으셔서 옷빨도 굉장히 잘 받으세요. 아! 제가 조각을 전공해서 사람 몸에 관심이 많아요. 호호."

그녀의 말에 눈썹을 으쓱하면서 농담으로 받아쳤다. 내가 칭찬에 얼굴 빨개질 나이는 아니잖아?

"그래도 얼굴이 그렇게 미남은 아니잖아요. 남자는 얼굴인데."

"무슨 말씀이세요? 얼굴선이 굵으면서도 각지지 않았잖아요. 완전 남자 얼굴이세요. 카리스마도 있어 보이고."

키 185에 77의 몸무게면 어떤 옷을 입어도 핏이 산다. 거지처럼 걸치지만 않으면 말이다. 배관 수련의 결과다.

그리고 이 여자는 직업을 잘못 택했다. 강사가 아니라 영업을 해야 할 여자였다.

선생에게 휘둘려서 용건만 꺼내고 다음 말은 하지도 못했다.

내 말을 하려고 하는데 그새를 못 참고 또 선생이 입을 열었다.

"혹시 모델 할 생각 없어요?"

호의로 봐주는 건 고맙고 하는 짓이 귀엽기는 하지만 살짝 짜증이 났다.

"선생님, 저는 모델 할 생각이 없고, 그림 배우고 싶어서 왔어요."

"어머, 그렇다고 하셨지. 기초부터 배우고 싶다고 하셨나요?"

그랬지 하면서 손뼉을 짝 쳤다. 그녀는 언뜻 내비친 내 짜증을 전혀 짜증으로 받아들이지 않았다.

강적인데!

"흠, 그럼 선 긋기부터 하셔야 돼요. 그게 기초거든요. 기초가 안 잡히면 시간이 꽤 걸릴 수도 있어요."

안다. 기초 중의 기초. 그래서 가장 하기 귀찮은 것. 건축학도 중에 선 긋기를 못하는 사람도 있을까?

그녀에게 다른 사람들은 어떤 반응을 보였을까?

"그러죠. 언제부터 시작하면 되죠?"

누구는 설거지 몇 년, 재료 손질 몇 년을 하고 나서야 칼을 들었다고 하지만 그건 사수에게 잘 보이기 나름 아닌가?

설거지만 시키기엔 아까운 놈이라는 생각이 들면 다음 단계로 넘어가게 마련이다. 이른바 요령이다.

사회생활 20년 동안 갈고닦은 게 요령이다. 더러운 거 못 본 척. 치사해도 웃어주기, 욕 나오는 거 삼키기 등등.

지금의 나와는 상관없는 일이 될 것이다. 그렇게 만들 테니까.

눈앞의 내 사수는 30살짜리 신출내기다. 파란 새싹 요리하는 건 식은 죽 먹기다.

즉답하는 나에게 '쉽지 않을 텐데!' 하는 눈으로 슬며시 웃고 있었다. 나도 씨익 웃어주었다.

"제 이름은 강정윤이에요. 이 학원 원장이죠."

"저는 김성훈입니다."

"제가 누나인 것 같으니 말 놔도 되죠?"

어딜 은근슬쩍. 더 친해졌다가는 곤란하다. 적절한 선이 필요했다.

"아뇨. 당신은 선생님! 저는 학생! 남녀칠세부동석! 존칭 꼭 해주십시오. 그리고 모델 안 합니다."

분명히 그녀의 다음 말은 모델에 관한 말일 것이다.

관심 없다.

하는 거 봐서 결정할 것이다.

"아이 참, 성훈 씨도. 모델하면 진짜 잘 어울릴 것 같은데. 그럼 시간은 9시. 좋죠?"

"아뇨, 저녁 11시로 했으면 좋겠습니다. 제가 시간이 그때

밖에 안 됩니다.”

어린 학생들로 북적이는 시간을 피하고 싶었다. 1/N으로 대충 지도받고 싶지는 않았다.

“그래요? 뭐, 정히 원한다면.”

뭐지? 저 끈적끈적한 눈빛은?

쉬는 시간마다 선을 그었다. 벌써 스케치북을 하나 소모했다.

“성훈 선배, 뭐 해?”

며칠 지내니 친해졌다 생각하는지 은근슬쩍 말을 놓는다. 대가리 피도 안 마른 오크가.

“그림 배우거든.”

“선긋기 지겹지도 않아요? 일 학년 때 손가락 뭉개지게 했잖아요.”

건축학과에 들어가면 가장 먼저 하는 제도 수업이 A1 트레싱지에 선긋기다.

1㎜ 간격으로 선을 그어서 그 용지를 다 채운다. 물론 실선만 그리는 것은 아니다.

점선, 일점쇄선, 이점쇄선 등등의 건축에 필요한 모든 선을 그어 넣는다. 긋기만 하면 그렇게 어렵지 않다.

화방에 가면 ‘STAEDTLER’라는 독일제 연필이 있다.

일반 연필로 하면 심이 몽땅 부러진다.

부러지지 않을 정도의 4H용 연필을 산다. 그리고 트레싱지 위에 꾹꾹 눌러서 선을 그린다.

왜냐고?

도면을 청사진으로 뽑으려면 그래야 하기 때문이다.

대충 눌러 그리면 청사진을 뽑았을 때, 희미해서 보이지 않는다.

그래서 트레싱지 위에 홈이 파이게 선을 그으려면 강한 힘이 필요하고, 그 힘에 부러지지 않을 강한 탄소뭉치가 필요하다.

반 장도 채우기 전에 손가락이 아린다. 연필을 꽉 쥐고 누르기 때문에 그렇다.

한 장을 끝내기도 전에 건축과를 왜 들어왔는지, 후회가 생긴다. 캐드가 있었다면 그런 고생 안 했을 텐데.

"차라리 일 학년 때로 돌아갔으면 좋았을걸!"

"선배도 참. 무슨 말도 안 되는 소리를 해요? 다 늙어 가지고."

푸념 섞인 내 말의 의미도 모르면서 선영이가 핀잔을 주었다.

그렇지. 다 늙어 가지고.

그렇다고 말이 안 되는 소리는 아니거든. 이것아.

'일 학년으로 돌아갔으면 'F'도 안 생겼을 거고, 그거 때우느라 지금 고생 안 할 텐데. 업보다, 업보.'

이번 학기는 죽음이다. 'F' 2개를 메우느라 개고생을 해야 한다.

물론 수업은 안 들어도 되니, 리포트나 제대로 제출하라는 교수님의 배려가 있었지만 말이다.

몇 살이나 어린 친구들이랑 같이 수업을 들었다면 얼마나 쪽이 팔렸을 것인가?

'으으! 생각만 해도 끔찍하다.'

"어머. 성훈 씨. 이걸 언제 다 한 거야?"

스케치북 세 권을 들고 미술학원을 갔다.

권당 앞뒤로 빽빽하게 선들이 채워져 있다. 검은 선 반, 여백 반이다.

조금만 떨어져서 보면 회색으로 보인다.

스케치북을 넘기며 정윤이 입을 딱 벌렸다.

물론 시위용이다. 이 정도로 열심히 했으니 빨리 다음 단계로 넘어가자는.

사회생활 하루 이틀 하나!

'정말 혼자 다 했을까?' 하는 그녀의 눈길을 받으며 캔버스 앞에 앉았다. 스케치북에 선을 그었다.

한번 그어 보면 바로 실력 뽀록나는데, 여기서 거짓말하는 건 사회인으로서의 자격 미달이었다.

'날 대체 어떻게 봤기에. 참.'

스으윽. 스으윽-

연필이 지나가면 선이 생성된다. 한 치의 흔들림도, 삐뚤어짐도 없는 선이었다. 가로선, 세로선, 곡선과 동그라미.

그냥 기계적인 반복일 뿐이다. 긋고자 하면 손이 자연히 따라가는 경지였다.

"하루 이틀 한다고 되는 게 아닌데. 대단하네요!"

당연하지!

하루에 한 장씩 해서는 백날이 가도 못하지만, 하루에 백 장이면 가능하다.

그렇게 할 수 있는 사람이 많이 없어서 그렇지.

나는 절박했다. 다시 패배자로 살고 싶지 않으니까.

감각이 안 되면 노력으로 따라잡는다.

노력하는 범인은 노력하지 않는 천재를 따라잡을 수 있다.

긴 세월을 살지는 않았지만, 노력하는 사람이 뒤쳐지는 경우는 별로 보지 못했다.

시간이 약간 더 걸릴 뿐. 마지막에 웃는 자는 항상 우직한 사람이었다.

당장의 힘듦보다 더 견디기 힘든 것은 미래의 자괴감이다.

'시간을 헛되이 보냈다는 것보다 후회되는 것은 없지. 돈은 벌면 되지만 시간은 불가능해.'

무엇보다도, 다시 사는 생에서 이 정도 노력도 안 하고 날로 먹으려 들면 그건 도둑놈이다.

뿌듯한 미소를 띠며 말했다.

"노력의 결과죠."

"정말 대견해요. 착한 우리 성훈이. 선생님이 커피 한 잔 타 줄까?"

은근슬쩍 말을 놓으며 정윤이 내 어깨에 손을 올렸다.

왠지 그 손길에서 애정이 느껴지는 건 내 착각일까?

기특한 학생에게 주는 칭찬일지도 모른다.

그녀는 커피를 타러 갔고, 나는 연필을 왼손으로 옮겨 잡았다. 스케치북에 선을 그었다.

오른손보다 더 가늘고 굵기도 일정한 선이 그어졌다.

'역시 왼손이 편해. 오른손은 좀 더 노력해야 되겠어.'

나는 왼손잡이였다.

잠시 후 정윤이 돌아왔다.

바로 모형그리기에 들어갔다.

"선긋기가 완벽한데 굳이 더 하라고 하면 시간 낭비가 되겠네요."

젊은 사람답게 상당히 합리적이었다.

“석고상을 잘 보세요. 윤곽과 그림자가 보이죠?”

그녀는 친절한 사람이다. 지금 바로 내 옆에서 설명을 해주고 있다. 부드러운 장미향이 코를 간지럽힌다.

나와 같은 관점에서 보며 설명을 해야 하는 것이기에 그 자세는 충분히 납득할 수 있다.

하지만 자꾸 눈길이 옆으로 가는 건 남자라서 그렇다. 변태라서 그런 것이 아니라.

지금 그녀는 왼손으로 내 오른쪽 어깨를 짚고 오른손으로 석고상을 가리키며 설명하고 있다.

허리를 숙이고 내 눈높이와 자신의 눈높이를 맞춘 채로. 즉, 눈을 약간만 돌리면 그녀의 블라우스에 살며시 숨은 가슴골이 다 보인다는 말이다.

오늘은 분홍레이스가 달린 브라를 차고 있다. 어제는 감색이었다. 레이스가 살짝 가린 뽀얀 살갗에 눈이 부셨다.

이런 배려심 깊은 여자 같으니.

‘이래서야 변태 아저씨로 보일 뿐이잖아.’

아저씨 마인드를 한쪽으로 밀어놓고 그녀의 손끝에 시선을 집중했다.

“그림의 입체감은 그림자에서 시작된다고 해도 과언이 아니죠.”

그림 수업만 아니었다면, 어떻게든 후려 보려고 했을지도 모른다.

전에는 직장의 스트레스와 스스로의 자괴감에 나 자신의 쾌락은 등한시하고 살았다.

30살 이후의 삶은 남자로서의 삶이 아니라, 그냥 가장으로서의 삶이었다.

아내를 봐도 흥분이 되지 않았으니, 바람이라도 피우지 않으면 내시나 다름이 없는데, 나는 바람도 피우지 않았다.

공장에서는…… 아줌마들을 상대로 흥분이 될 정도로 낮은 눈도 아니고.

그런데 지금 내 옆에 나에게 관심을 보이는 연상의 아가씨가 있다. 가슴이 쿵딱거렸다.

나는 어머니 외에는 부양해야 할 가족이 없다. 책임져야 할 여자도 없다. 나는 자유의 몸이다.

'그래도 이건 아니야.'

누군가에 의해 휘둘리고 다른 사람의 의지로 움직이는 것은 딱 싫다. 그런 내 자신이 꼴 보기 싫다.

"그러니까 그림자가 없으면 볼륨감과 경계의 느낌이 살아나지 않아요."

그녀의 설명이 끝났다. 그녀의 입에서 나오던 달콤한 향도 그쳤다.

결론은 저 구와 원기둥, 원뿔 모형을 그리라는 말이다.

알고 있는 거라고 진작에 끊을 수 있었겠지만, 그녀의 아름다운 열정을 무시하고 싶지 않았다. 이 은밀한 즐거움을 멈추고 싶지도 않았다.

아! 혼미하다.

다행스럽게도 나에게는 솟아오르는 열정을 내리누를 40대의 이성과 관록이 있었다.

마음은 그녀의 뽀얀 피부에 가 있었지만, 내 귀는 그녀의 입술을 향해 열려 있었다.

설명이 끝나고 그림을 그리기 시작했다.

모형을 그리는 것은 그리 어려운 일이 아니었다. 보이는 그대로 그리면 되는 거니까.

그것은 숙달의 문제이지. 감각이 절대적인 비중을 차지하지 않는다.

물론 감각이 있는 사람이 숙달이 빠른 것은 말할 필요도 없다. 나는 아직 걸음마를 못 뗀 초보자였다.

그림자와 빛이 만나는 부분이 특히나 고민스러웠다. 보이는 대로 표현한다는 것은 말처럼 그리 쉬운 일이 아니다.

그림자가 끝나는 부분과 빛이 시작되는 부분의 자연스러운 그러데이션을 표현할 수 없었다.

단지 연필선을 몇 번 더 겹친다고 해결되는 것이 아니

었다.

내가 그림을 그리는 동안 그녀는 내 오른쪽에서 나를 보고 있었다.

하지만 긴장할 필요 없었다. 잡아먹으려고 째려보는 것은 아닐 테니.

'맘껏 보시라. 그래도 모델은 안 할 거니까.'

윤곽이 끝나고 그림자에서 헤매고 있을 때, 그녀는 내 뒤로 다가왔다.

"그림자가 역시 어렵죠. 처음에는 그것 때문에 다 고생을 하죠."

그녀는 나의 등 뒤에 가슴을 기댔다. 그리고 오른손을 뻗어 내 오른손을 잡고 슥슥 라인을 긋기 시작했다.

그녀와 나는 연필을 쥐는 감각부터 달랐다. 연필을 세우는 각도도, 누르는 힘도 모두 달랐다.

그녀의 손이 지나가는 곳마다 그림자가 짙어졌다. 그리고 몇 번의 터치가 끝났을 때, 내 것과는 전혀 다른 결과가 나와 있었다.

'이래서 사람은 배워야 되는구나.'

만약 내 손을 잡지 않고 직접 그렸다면, 결과만 알았을 것이다.

터치 감각을 알 수는 없었을 것이다. 스스로 깨달을 때까지 노력을 해야 했을지도 모른다.

어쩌면 이 여자는 배우려는 자에게는 최고의 스승인지도 모른다.

"와! 선생님, 대단……."

감탄을 하면서 그녀 쪽으로 고개를 돌렸다.

그때는 미처 그녀가 어디 있는지는 생각지도 못했다. 내 뺨에 그녀의 입도장이 찍혔다.

어떻게 반응을 해야 할까? 눈이 동그래진 것을 보니 살짝 당황한 모습이었다.

무의식적으로 나를 약 올리기는 했지만, 이런 결과를 바란 것은 아닌 것처럼 보인다.

'생각해라, 생각해라.'

이런 사소한 일로 그녀와의 관계를 망치고 싶지는 않았다. 내가 탄식을 내쉬었다.

"아까비……."

내 말에 그녀가 미간을 모았다. 기분이 나빠지려는 것일까? 마무리를 제대로 해야 한다.

"일부러 그런 건 아니지만, 기분이 나쁘지는 않네요."

고의가 아니라는 말에 그녀의 인상이 펴졌다. 바로 화제를 돌렸다.

괜한 여운을 남길 필요가 없었다. 여운 따위는 나중에 혼자서 즐기면 된다.

지금은 단지 해프닝으로 끝내야 했다. 작은 해프닝.

경직된 그녀의 손은 아직 내 손 위에 있다.

"여기서는 이런 식으로 연필을 눕히네요. 왜 전 그런 생각을 못 했을까요? 명암에 따라 누르는 세기도 다르고."

'역시 고수는 다른 건가?'

자연스레 감탄을 할 수밖에 없었다.

"배우는 속도가 빠르네요. 나머지는 직접 그려 보세요."

그녀가 사무실로 들어갔다. 불쾌해하는 것 같지는 않았다.

"후~"

하지만 다시 그림으로 눈을 돌렸을 때는 그런 감정 따위는 사라져 있었다.

구체가 감자였다면 내 눈빛에 익었을 것이다.

"성훈 씨, 이제 가야죠."

그녀의 말을 듣고 스케치북을 접었다. 첫 작품치고는 만족스러웠다. 열심히 집중한 보람이 있었다.

물론 모형 몇 개 그린 것을 작품이라고 말하기는 민망하지만, 나는 뿌듯했다.

그녀가 미술실의 문을 잠갔다. 같이 복도를 걸어갔다.

그녀가 말을 먼저 꺼냈다.

“아까 당황스러웠죠?”

“아뇨, 오히려 제가 할 말이죠. 당황스러우셨죠? 별일 아니니 신경 쓰지 마세요. 저도 뺨 빼앗긴 거 신경 쓰지 않을 테니.”

그녀가 눈을 치켜떴다. ‘이런 적반하장이 있나?’라고 말하고 싶은 게 아닐까?

“다음에 또 그러면 물어버릴 거야. 앙!”

그녀는 다시 쾌활한 모습으로 돌아왔다.

“그럼 선생님. 오늘 잘 들어가시고. 내일 또 뵙겠습니다.”

4장
교수의 추천

"성훈 군, 저번에도 그 책 들고 다니더니 관심이 많은가 봐."

빌 리제베로라는 사람이 쓴 〈The Story of Western Architecture〉라는 책이었다. 번역하면 '서양 건축 이야기'다.

유럽의 건축 양식을 역사, 문화, 사회상과 연관시켜 설명해 놓은 책이다.

필자의 스케치가 들어 있어서 이해하기 편하고, 이야기 형식으로 되어 지루하지 않은 좋은 책이었다.

세계의 내로라하는 건축대학에서 교재로 사용할 정도로 인지도도 있었다.

"네, 관심이 있어서요."

"흠. 하지만 난 원서 들고 다니는 친구는 처음 본 것 같은데.”

“그냥 폼이죠. 보기 좋잖아요.”

“그래? 영어 좀 하나 보지?”

“교수님보다야 못하죠.”

지난주에 교수와 양동마을을 다녀왔다.

한국의 도로 상황을 잘 모르는 교수에게 운전대를 맡기느니, 내가 하는 게 나을 것 같아서 직접 운전을 했다.

그리고 가이드 노릇을 하며 마을 곳곳을 안내했었다.

어떤 집에서는 흔쾌히 허락을 해주었고, 일부의 집에서는 예약이 안 되어 있는 사람에게는 보여줄 수 없다고 하였다.

학교 교수와 같이 왔다고 하면서 사정사정을 하여 거의 대부분의 집들을 둘러볼 수 있었다.

집들을 둘러보던 한 교수는 길고 긴 미사여구가 필요 없다는 듯이 엄지를 치켜세웠다.

그리고 감동에 겨워 눈물을 찔끔거렸다. 흑백사진을 보며 상상만 했던 그의 판타지가 눈앞에 모습을 드러낸 느낌일 것이다.

교수의 감상평은 이랬다.

“판타스틱이야. 정말! 세상 어디에서도 이런 집은 볼 수 없을 거야. 한국에 오길 정말 잘했어!”

그의 감탄은 양동마을을 다 둘러볼 때까지 끊이지 않았다.

감탄의 연속, 집주인들이 다 뿌듯해할 정도였다.

고래등 같은 기와집들이 아니었다. 작고 아담한, 아니, 아담보다는 소담하다는 표현이 어울리는 기와집이었다.

하지만 고만고만한 집들의 내부가 똑같은 구조로 된 곳은 한 군데도 없었다.

그리고 십 년 후에, 그러니까 내 기준으로 5년 전에 봤을 때보다 상태가 좋았다.

사람들도 순박했고 말이다. 내가 마지막으로 갔었을 때는 걸핏하면 사람들이 찾아온다고 짜증을 냈었다.

TV 다큐에 방영되고 나서 찾는 사람이 늘었다고 했다.

지금은 훨씬 사정이 좋았다. 아직은 알려지지 않은, 고건축에 관련된 사람들만 아는 일종의 보고였다.

"어떻게 이런 아이디어를 낼 수가 있는 거지! 이거 설명 좀 해줘."

그는 궁금증이 많았고, 모르는 것을 아는 척하지 않았다.

그리고 이미 아는 것을 약간 포장해서 말하는 것은 나에게는 일도 아니었다.

한 교수는 충분히 만족할 만한 대답을 들을 수 있었고, 고건축에 대한 경외는 깊어갔다.

그 뒤로 한 교수는 나를 일반 학생 대하듯 하지 않았다. 마치 동년배의 교수를 대하듯 친근하게 굴었다.

'고건축은 정말 내가 배워야 되겠어'라는 칭찬을 아끼지 않았다. 그만큼 그에게는 뜻깊은 답사였다. 한 교수라는 사람이 얼마나 뜨거운 열정의 사람인지 알았고, 한국 문화에 대한 경외를 가진 사람인지 알 수 있었다.

"영어를 좀 할 줄 안다면 좋은 기회가 하나 있는데."

장난스레 웃으며 내게 말했다.

"Sir. No Problem."

간단한 영어로 장난을 쳤다.

교수도 그런 나에게 장난을 치고 싶었을까! 느닷없이 영어로 물었다. 유창한 미국 발음이 그의 입에서 흘러나왔다.

"이번 여름에 베를린에서 국제 건축 박람회가 있는데, 그곳 대학에 있는 친구에게서 초대권이 왔어. 같이 갈 의향이 있나? 물론 비행기값은 그 친구가 대는 거야."

물론 영어가 중요한 것은 아니다. 건축은 말이 필요 없는 예술이니까. 그리고 제안을 거절할 이유도 없었다.

"감사합니다. 당연히 가야죠. 제게 그런 기회가 또 올까요. 교수님을 만난 건 제 인생의 행운입니다."

나도 영어로 답했다.

오는 것이 영어라면 가는 것도 영어라야 하지 않겠는가!

오랜 구력이 있어서인지, 듣는 것도 말하는 것도 전혀 막히지 않았다.

의식하지 않아도 술술술! 물론 나는 살짝 본토 발음이다. 한국 본토.

그럼에도 내가 사용하는 영어나 다른 외국어 발음들이 의사소통에 문제를 일으킨 적은 별로 없었다.

입이 안 떨어져서 문제가 생긴 적은 있어도. 못 알아들으면 한 번 더 말해주면 된다.

천천히. 또박또박! 그리고 약간의 너스레를 섞어주면 노프라블럼이다.

거의 대부분의 비즈니스 관계의 외국인들은 정통 발음이 아니라고 무시하지 않는다.

자기들도 한국어로 하라면 한마디도 못 할 테니 말이다.

국제적 비즈니스에 편견이 있으면 그건 거래하지 말자는 거나 마찬가지다.

발음 문제로 딴지를 거는 사람은 아이러니하게 같은 한국 사람뿐이었다.

자기도 본토 발음은 아니면서! 우습지만 그게 현실이다.

말은 의미를 전달하기 위한 것이다. 아름다운 발음을 하고 싶으면 팝송이나 샹송을 부르지. 일을 왜 하나!

적당히 교수를 띄워주며 감사 인사를 했다. 이런 기회를 놓치면 바보가 되는 거다.

한 교수는 뜨악한 표정을 지었다.

한국의 학생들이 영어를 얼마나 두려워하는지 잘 알기 때문이다.

그는 처음부터 나와 같이 가고 싶었던 것 같다. 그리고 간다면 영어를 공부시켜서 가고 싶어 했고.

보고 느끼는 것도 중요하지만 듣는 것에서 오는 지식도 무시할 수 없기 때문이다. 그런데 어라? 했을 것이다.

"잘하네. 내가 공부하라고 할 필요가 없겠는걸. 괜한 걱정이었어."

"언제 갑니까?"

"음, 7월 4일부터 시작한다고 했으니까, 비행기 환승하고 하면……. 보자. 아! 7월 2일에 타고 오라고 되어 있네. 이 친구도 꽤나 알아주는 친구야. 알아 두면 나중에 도움이 될 거야."

자존심 강한 한 교수는 친구 이름을 팔아 명성을 얻기를 원치 않았었다. 뭐 그건 십 년 뒤에나 밝혀질 일이고.

그의 친구들도 그 시기 즈음에는 거물이 되었다.

그의 인맥들은 나의 비밀 무기가 될 것이다.

"그럼 올 때도 같이 와야 합니까?"

"뭐, 꼭 그럴 필요는 없어. 다른 볼일이 있나?"

"간 김에 유럽 여행 좀 하고 와도 될까요?"

"굿 아이디어! 유럽 건축은 그 자체로 문화재지. 수백 년이 넘은 것이 수두룩하니까."

같이 갔으면 좋았을 텐데, 다음 일정이 있어서 못 가겠다고 아쉬워했다.

'나도 아쉽습니다. 당신 같은 가이드도 없을 텐데.'

한 교수 없이 혼자서 여행을 할 수밖에. 하지만 그 아쉬움은 금방 지울 수 있었다.

뒤쪽 책장을 뒤적거리더니 오래된 노트 하나를 꺼내 들고 내 앞에 내밀었다.

"내가 예전에 유럽을 여행하고 나서 적은 노트야. 이걸 바탕으로 자네만의 노트를 만들어 보라고."

한 교수는 정말 같이하고 싶었다면서 아쉬워했다.

대신 유럽에 있는 동안에 그곳에 적힌 곳 중의 몇 군데는 꼭 같이 가보자는 말을 잊지 않았다. 그의 배려가 고마웠다.

노트에는 어렸을 때의 한 교수가 여행을 다니면서 느꼈던 감상이나, 갈 만한 곳들이 정리되어 있었다.

그 데이터를 바탕으로, 한층 더 업그레이드시켜서 돌려주기로 했다. 그것이 그의 배려에 대한 예의일 것이다.

한승원 교수는 학생들과 토론하는 사람이었다. 스스로 생각하게 하고 자신만의 답을 도출해 내는 것이다.

한 달 전 즈음인가, 내가 물었다.

"교수님, 건축하는 사람은 어떤 마음가짐을 가져야 합니까?"

"마음가짐? 그건 스스로가 만드는 거야. 건축에 정답이 있겠어? 기준선만 있을 뿐이야. 건축하는 사람은 말이야. 뭔가 만들고 싶으면 만들면 되는 거라고. 이러쿵저러쿵해도 살기 좋은 집이 최고야."

"그럼 한 교수님은 어떤 건축을 하고 싶습니까?"

"난 그런 거 없어. 매번 새로운 걸 시도해 보고 싶어."

너무 광범위한 대답이었다. 그래서 다시 물었다. 그가 어디까지를 마지노선으로 잡는지 알고 싶었다.

"좋은 결과물이 나오지 않으면 스스로 힘들지 않으십니까?"

"성훈아, 오늘 최고의 결과물이 나왔다고 해서 그것이 내일도 최고라고 생각할 수 있을까? 모두 상대적인 거야. 실패작은 자신만의 터닝 포인트가 되겠지. 스스로 자신을 돌아보는 기념비가 될 거야. 한국에는 반면교사라는 말도 있다면서. 실패 좀 하면 어때. 잘되면 하나 건지는 거지. 나는 아직도 인류에게 최적화된 건축양식은 나오지 않았다고 생각해. 건축가는 구속되면 안 돼. 자유로워야 해."

내가 보는 한 교수는 너무 자유로웠다.

그런 것치고 크게 실패작이 나오지 않은 것은 마지막 마무리를 정상적으로 하는 센스가 뛰어났다.

그의 자유로운 구상을 규격화된 박스에 넣을 줄 안다는 것, 그것은 한 교수의 강점이었다.

한 교수의 세미나는 인기가 없었다.

100% 실력만으로 취업할 수 있었다면 학생들이 왔겠지만, 자격증이 있어도 취업하기 힘든 것이 지금의 현실이었다.

직장인도 잘려 나오는 판에 새 사람을 들일 여유가 어디 있겠는가?

나와 선영이, 그리고 졸업반 선배 3명이 있었지만, 선배들은 취업을 위해서 뛰어다니느라 거의 세미나에 참석하지 못했다.

교수도 그것에 대해서 굳이 간섭하지 않았다.

결국은 취업하기 위해서 대학을 온 것인데, 참석하지 않는다는 이유로 학점을 낮게 주거나 방해되는 행동을 한다면 고소할지도 모른다. 지금 시절은 그렇게 절박했다.

교수와 학생. 일 대 이 수업이었지만 지겹지 않았다.

끊임없는 질문의 연속이었기 때문이다.

"우주에서 집을 지으면 어떤 집을 짓고 싶은지 설계해 볼까?"

"무슨 우주는 우주에요? 말이 되는 소리를 하세요."

말이 안 되는 소리라고 교수에게 핀잔을 주었다. 한 교수는 승복하지 않았다. 이상한 데서 고집을 세우는 인간이다.

"'2020 원더키디' 못 봤냐? 30년 내로 우주 개발이 진행된다고, 네가 50일 때, 내가 60일 때 된다고. 준비해야지."

원더키디가 할매 된 지가 언젠데, 원더키디 할매도 헛소리라고 말할 것이다.

'이 사람아, 내가 다 보고 왔거든. 적어도 내가 있을 때는 달에 가본 사람도 10명이 안 됐다네, 그게 사는 거냐. 여행이지! 아직 어림없어.'

그 이후의 미래가 어떨지 나는 감히 장담하지 못한다.

하지만 상식선에서 예측할 때, 2015년 이후 5년 내로는 제대로 된 우주 여행도 불가능했다. 지극히 상식적으로 볼 때!

여행도 안 되는 마당에 사는 것은 어폐가 있지 않을까?

좋게 좋게 설득해서 헛소리 말라고 일축시켰다.

창의성도 좋지만, 그럴 바엔 차라리 드래곤볼에 나오는 우주선을 그대로 보고 베끼는 게 낫다.

건축가는 현재를 살아가는 사람들이다. 허무맹랑함이 지나치면 정신병자 취급받는다.

내 동료가 될 사람이 미친 사람이라면 내가 하는 짓은 헛짓거리, 그 이상도 그 이하도 아니었다.

주제를 돌렸다. 더 이상 창의적이 되다가는 내가 돌아버릴 것 같았으니.

"예일대에서는 어떤 것을 배우셨어요?"

내가 정작 알고 싶은 것은 세계에서 손꼽히는 예일대 건축과에서는 뭘 배우느냐 하는 것이었다.

2015년에도 예일대와 하버드는 건축이라고 하면 손으로 꼽아줬었다. 혹시 아는가? 내가 거기로 유학이라도 가게 될지.

"아까 얘기했던 그런 거 했는데?"

우주 건축? 이런 젠장! 본전도 못 찾았다.

한 교수는 미국 시절에 그의 상상력을 현실감 있게 잘 갈무리하는, 아주 좋은 파트너를 둔 것 같다.

이러고도 졸업을 했으니. 그것도 우수한 성적으로. 나 참!

'창의성 하나는 인정한다.'

계속 말 안 될 것 같은 소리도 그럴싸하게 말이 되게 만들었으니!

지금의 상황에서는 한국 교육이 문제인지, 미국이 문제인지 알 수 없다. 교육은 백년대계. 백 년 후에나 알 수 있다.

얼른 일이 들어와야 저런 헛소리를 안 할 텐데. 일이 없으니 교수의 공상 세계는 무한히 확장되어 가고 나는 괴롭다.

오늘도 한 소리 들었다.

"부석사 언제 가? 심심하다고."

작다고 무시하지 않을 테니 들어오기만 해라. 제발!

빽! 빽! 빽! 빽! 빽!

"성훈아, 좀 살살 차라고. 그러다 샌드백 터져!"

지금 다니고 있는 킥복싱 체육관의 관장의 고함 소리였다.

모든 것은 기본이 충실해야 한다. 그것이 내 지론이다. 그래서 지금 모든 킥의 기본이 되는 로우킥을 연습 중이다.

"언젠가는 터지지 않겠어요?"

관장의 고함을 씹으며 샌드백을 찼다. 터질 리도 없지만, 터지면 제품 불량이지 내 잘못은 아니다.

내가 슈퍼맨이냐?

세월은 유수와 같이 흐른다. 벌써 중간고사가 끝났다. 학생이 공부는 안 하고 뭐 하는 거냐고?

'올 A+! 그렇게 공부했는데 그 정도도 안 나오면 나는 죽어야지.'

그렇게 자신 있냐고? 그럼! 다 맞췄는데 어쩌라고.

선영이 기집애가 진짜로 시험지 어디다가 안 흘리면 모조리 'A+'다.

공부에 재능은 필요 없다. 노력이 있을 뿐이다.

교수들은 학생들과 경쟁 관계가 아니다. 절대로 맞힐 수 없는 문제는 내지 않는다. 모두 시험 범위에서 나온다.

그걸 달달 외우느냐 외우지 못하느냐의 문제고, 공학은 공식을 달달 외우느냐 못 하느냐의 문제다.

뭐 약간의 응용은 있겠지만, 모두 상식의 범위 안에 있다.

그러니 공부하면 된다.

모자라는 머리를 보충하기 위해 내가 할 수 있는 일은 잠자는 시간을 줄이는 것뿐이었다.

그리고 복잡한 머리를 비우기 위해, 하루에 두 시간씩 샌드백을 차고 있다. 배관 수련의 연장이다.

"왜 그렇게 열심이야? 시합 나갈 것도 아닌데, 쉬엄쉬엄 하라고."

뚱땡이 관장은 내가 하는 것을 보더니, 자기도 살을 빼겠다고 줄넘기를 집어 들었다. 초심으로 돌아왔다나 뭐라나.

왕년에 챔피언으로 이름 좀 날렸다고 하는데, 지금은 여염집 아저씨보다 더 배불뚝이다.

"너 땜에 내가 이 무슨 고생이냐?"

"제가 하라고 했어요? 관장님이 먼저 시작해 놓고는?"

한마디 날려주고는 로우킥을 날렸다.

뻑. 뻑. 뻑. 뻑. 뻑.

경쾌한 파열음이 체육관에 울려 퍼진다. 이렇게 땀을 한번 빼고 나면 속이 다 시원하다.

체육관을 다닌 지도 한 달이 넘었다. 이제 로우킥은 신물나게 했으니, 미들킥을 차야겠다.

혹자는 '일만 시간의 법칙'을 말하지만, 나는 '10만 번의 법칙'을 쓴다.

단순하다. 로우킥을 올바른 자세로 10만 번을 차고 나면 미들킥으로 넘어가기로 한 것이다.

산수하면 다 한다. 십 초에 5회, 일 분에 30회, 한 시간에 1,800회, 두 시간에 3,600회, 한 달 108,000회, 계산 끝!

필요한 것은 오로지 인내 하나.

속성으로 로우킥 익히는 법이 난무하고, 샌드백 덜 때리고 고수되는 방법이 난무하는 세상이지만, 기본은 배신하지 않는다.

그리고 그렇게 어려운 방법도 아니다. 다만 힘들 뿐.

로우킥을 차고 나면 허벅지가 가장 아플 거라 생각하지만, 실제로 더 아픈 것은 복근이다. 해보면 안다. 찢어진 것처럼 아프다.

허리 회전에서 나오는 회전력이 다리로 가면서 증폭되고, 이 힘을 채찍처럼 후리는 것이 로우킥이다.

제대로 맞으면 뼈에 금이 가거나 혹은 부러진다.

상체는 거의 움직이지 않는다. 복싱 자세로 방어를 하고 로우킥을 찬다.

빡.

차는 것이 반이다. 다시 시작 자세로 돌아와야 그것이 한 번이다. 전반적인 하체 운동이다.

찰 때는 복근이, 돌아올 때는 척추기립근, 둔근을 비롯한 하체 후면 근육이 모두 사용된다.

'다리 힘으로 킥을 찬다, 허벅지 키우는 데는 로우킥이 최고다'라는 것은 운동 껍데기를 핥아본 초짜들의 말이다.

들어줄 가치도 없다. 허벅지를 키우려면 의자에 앉아서 레그 익스텐션을 하거나, 레그 프레스를 하는 것이 훨씬 효율적이다.

첫날하고 나면 상쾌하지 않다. 해머에 두들겨 맞은 것처럼 아프다. 침대에서 일어나기도 고통스럽다.

'아, 씨발' 하는 말이 절로 나온다. 이 말이 나오지 않으면 제대로 하지 않은 것이다.

고통은 인간을 철들게도 하지만, 보통은 여기서 포기한다. 스트레칭을 해도 첫날의 고통은 사라지지 않는다.

하지만 나는 알고 있었다.

'그 관문을 넘으면 신세계가 보이지.'

고통이 더 이상 고통스럽지 않을 때, 자연스럽게 자세가 잡힌다.

처음에는 기본자세를 중시하지만, 자기 몸에 대한 자연스러운 관조가 끝나면 자신에게 맞는 자세가 나온다.

그리고 자기 몸에 맞는 근육이 붙는다. 그 기본의 고통스러운 관문을 지나면 기초 과정이 시작된다.

기초 과정은 기본 과정을 좀 더 힘들게 하는 것이다. 레벨만 높일 뿐이다.

결국은 반복의 연속이다. 반복이 주는 성장. 레벨업의 즐거움을 모르는 자들은 운동을 할 수 없다.

절정에 다다른 운동선수들은 전부 변태다. 자신의 몸을 혹사함으로써 그 절정에 다다르기 때문이다.

'공부가 쉬웠어요'라는 말을 들어봤어도, '운동이 쉬웠어요' 라는 말은 전생에도 들어본 적이 없다.

운동이야말로 진정한 자기 수양이고, 자기 극복이다. 계룡산에 입산했다가 실패한 사람에게는 운동을 추천한다.

운동을 하게 된 계기는 한 교수가 제안한 '베를린 박람회'였다.

평생을 살면서 못해봐서 후회되었던 것이 '혼자서 여행하기'였다.

출장을 많이 다니긴 했지만, 그걸 여행이라고 부를 수는 없지 않을까?

정해진 시간에 특정한 사람을 만나기 위해 비행기를 타는 것은 여행이 아니다.

거기다가 반드시 완수해야 할 사명을 가지고 가는 것을 여행이라 부르기엔 무리가 있었다.

시간이 없을 때는 여행하지 못했고, 시간이 있을 때는 여행할 수 없었다.

부양할 가족이 없는 젊은이들만이 할 수 있는 특권이다. 평생을 후회했었다.

이런 좋은 기회가 공짜로 생겼으니 확실히 즐기고 와야 했다.

여행하면 가장 먼저 떠오르는 것은 설렘, 기대감, 그리고 두려움이었다. 해보지 않았기 때문이다.

나처럼 속 늙은 사람은 뒤를 보게 된다.

항상 모험보다는 안정을 택하게 된다. 그건 육체가 젊다고 해도 마찬가지다.

실패하지 않는 인생을 살고 싶은데, 죽거나 병신이 되면 모두 끝! 그보다 허망할 수가 없을 것이다.

그래서 나는 여행을 함에 있어서도 무대책으로 일관할 수 없었다.

길거리를 가다가 만나는 깡패 2명 정도는 묵사발을 만들 힘을 키우자고 결심했다.

그리고 이제 로우킥 10만 번을 채웠다. 이것만으로도 자신감이 붙었다.

'어떤 놈이든 걸리기만 하라고, 정강이를 수수깡 부수듯 아작 내줄 테니까.'

내 자신감은 연습에서 나왔고, 그 연습은 부단한 반복이었다.

반복의 힘은 인생을 살아본 자만이 아는 비밀 무기! 재미가 붙었고, 중독이 되었다. 이거 은근히 짜릿하다.

여행 가기 딱 좋은 시점이었다. 'EU'도 창설이 되었으니, 여행하기에 불편함이 줄었고, 시기도 방학이다.

두 달을 꽉 채울 예정이었다. 그런 만큼 체력 또한 완벽해야 했다.

음식이라도 안 맞으면 설사만 하다가 똥꼬가 헐어서 조기 귀환을 해야 할 것이다. 수치스럽게.

가슴이 두근거린다. 유럽 아가씨들이 얼마나 늘씬하겠어! 엘프지. 엘프!

아침 일찍 교수 사무실로 등교를 했다.

한 교수는 만족을 모르는 완벽주의자였다. 가끔씩 헛소리 찍찍 하는 것 말고는 아주 괜찮은 스승이었다.

스스로 설계한 것에 대해서도 한 번도 만족하는 것을 보지 못했다.

학생이 말하는 것에 대해서 단 한 번도 안 된다고 한 적이 없었다. 다만 이런저런 문제가 생길 거라고 지적해 줄 뿐이었다.

그의 이상한 상상력은 정말 이해가 안 되지만, 실무에 대한 부분에서는 누구보다 해박했다. 미국이 괜히 선진국이 아니다.

자신의 고질적인 문제인 무한 상상 능력에 대해서는 철저한 방어 논리가 있지만 학생 스스로 길을 찾아가면서 자신만의 노하우를 만들게 하는, 최고의 스승이었다.

가르치면서 배운다. 그는 아직도 배우고 있었다. 그리고 좋은 친구이자 동료였다.

스승과 제자의 예의에 대해서 강조하지 않았고, 수직적인 사제 관계가 아니라 수평적인 사제 관계를 지향하는 사람이었다.

"성훈아, 선영아, 이리 좀 와 봐라."

그의 책상 앞에는 거대한 탁자가 있다. 그곳에 수십 장의 문서가 늘어져 있었다.

"이거 현재중공업에서 설계를 좀 해달라고 의뢰가 왔다. 할까 말까?"

'자기한테 온 걸 나한테 묻다니. 애냐?'

살아온 세월로 친다면 나보다 한참 어린 나이이니 스스럼없이 그런 생각이 들었다.

한 교수가 스스럼없기에 그런 생각이 드는 것이다.

그는 나이에 대한 예우나 깍듯함을 바라지 않았다. 강요하지도 않았다.

지극히 인본주의적 인간이다. 인간을 서열이 아니라 자신과 동등한 인격으로 본다는 말이다.

이렇게 물어보면 예의상으로라도 한 번 훑어보고 대답을 해줘야 한다.

슥슥 훑어보니 현재중공업 작업자들을 위한 기숙사였다.

수십 장의 문서를 요약하면 '30명 정도가 머물 수 있는 기숙사가 필요하다. 조건에 맞춰서 설계해 주시오'였다. 좋은 경험이 될 터였다. 나에게도 그에게도.

교수에게 물었다.

"다른 데도 의뢰가 들어갔겠죠?"

그가 고개를 끄덕였다. 이제 35살짜리 건축가에게 뭘 바랄 것인가?

"그럼 해야죠. 실력을 보여주세요. 어디어디 의뢰가 들어갔는지 제가 알아볼게요."

"그래 줄래?"

대책 없는 교수였다. 좋은 스승이기는 하지만 나중에 어떻게 스스로 그 자리까지 올라갔는지.

'남자가 말이야. 야망이 없어, 야망이!'

지금의 그는 그저 좋은 스승일 뿐이었다.

정보를 캐는 것은 쉬웠다. 현재중공업에 전화해서 동문 선배를 찾았다.

"선배님! 건축과 2학년 김성훈입니다. 한 교수님 밑에 있습니다. 잘 지내시죠?"

–어? 어, 그래. 어쩐 일이냐?

얼굴? 모른다. 어색하다고 티 내다가는 대화만 서먹해진다.

선배 좋다는 게 뭔가. 비비고 들어가면 된다.

'얼굴 참 두꺼워졌다. 그때는 선배 무서워서 말도 잘 못 붙였는데.'

바로 용건으로 들어갔다. 구구절절이 설명할 필요도 못 느꼈다.

"현재중공업에서 기숙사 의뢰가 들어왔는데, 알고 계시죠?"

–어. 그래, 얘기만 들었지. 기획실에서 바로 진행하나 보던데. 근데 그거 그쪽으로 갔냐?

"예, 대충 보니까 공사비 얼마 안 들어가는 거든데요? 큰 거였으면 학과장님한테 갔겠죠. 헤헤."

–학과장님이 거기까지 말씀하셨어? 네 말대로 그냥 던지는 거지. 그래도 명색이 재단에서 지원하는 학교잖냐.

'말하긴 뭘 해! 학과장, 그 양반 그렇게 안 봤는데 완전 너구리네.'

대충 분위기 파악이 됐다. 가끔 다이렉트로 의뢰가 들어오기도 한다.

그건 어디까지나 인지도가 있을 때의 이야기다.

그것도 학과장 정도는 무시할 수 있는 인지도일 때나 가능한 일. 대부분은 학과장의 손을 거치게 된다.

학과장이 먹기는 너무 파이가 작고, 다른 교수들에게 줘도 생색낼 수 없으니 이쪽으로 돌린 모양이다.

두 교수가 합작을 하는 경우도 있는데, 이것은 실수할 여지가 적고 책임질 일이 생겼을 때 그 책임도 반이 되는 안정적인 방법이었다.

그런데 이제 막 부임한 교수에게 일거리를 던져준다? 그것도 찌꺼기를?

'이거나 먹고 떨어져라' 혹은 '예일대 나왔다는데, 실력이나 한번 보자'라는 심산일 것이다.

'이것들 봐라! 진짜!'

미우나 고우나 나름 공들이고 있는 내 스승인데 이러면 나도 체면 상하지.

"그래서 어디 어디 의뢰 들어갔어요?"

-잠깐만. 어디 보자. 성진, 상아, 도산, 그리고 학교로 들어갔네.

선배 직책이 대리라고 했으니, 대리 선에서도 신경 안 쓰는 하찮은 일이었다. 그래도 모교라면 신경 쓸 텐데.

아니면 학과장이 선배에게도 따로 언질을 주지 않은 모양이다. 이거 완전 무시당했는데.

통화를 하면서 속으로 웃었다.

'다음에도 이런 일거리를 던져 줄 수 있는지 보자고.'

변동 사항이 있으면 연락을 달라고 했다. 술 한잔 얻어먹으러 가겠다는 너스레도 잊지 않았다.

전화를 끊고 한 교수에게 말했다.

"크게 돈 쓸 생각은 없는 모양인데요? 그냥 울산에 있는 건축 사무소 몇 군데에 맡겼대요."

한 교수는 실망한 얼굴이었다. 서울의 유명한 건축가들과 경쟁하기를 원했던 모양이다. 꿈도 크지. 젊은 친구가.

"하지 말까?"

여리여리하게 생긴 얼굴로 나를 바라봤다.

'이 사람아, 당신이 결정하는 거라고! 어쩌다가 이 길로 들어서가지고.'

외모로는 어디 가서 시인이라고 하면 딱 어울린다. 하지만 나는 성급할 필요가 없었다.

"에이, 교수님도. 그러니까 해야죠."

한 교수가 왜냐는 듯이 고개를 갸웃했다.

"돈 별로 안 쓸 생각이었는데, 괜찮은 거 나와 보세요. 그 사람들 얼굴이 어떨지."

교수의 얼굴이 밝아졌다. 실력을 보여주고 놈들 뒤통수 한 방 날리자는 건데, 기분 나쁠 리가 없었다.

남들이 몰라서 그런 거지 한 교수는 실력자다. 옆에서 보조해 줄 사람만 제대로 만나면 그 실력 제대로 나온다.

"그래도 그 사람들 경력이 있을 텐데, 지면 얼굴 팔리는 거잖아. 명색이 교수님인데."

선영이가 걱정을 했다.

"그러니까 더 해야지. 이기면 적어도 그들보다는 실력 있다는 걸 증명할 수 있잖아."

'격차가 크면 클수록 더하지! 크크, 아예 수준 차이를 느끼게 해주지.'

이미 나는 계획이 있었다. 나는 미래에서 온 사나이거든!

돈 안 되어도, IMF 직후라 경기가 바닥이었다. 무슨 일이든 잡으려고 설계사무소들은 혈안이 되어 있었다.

"뭐 특별한 방법이라도 있나?"

"교수님, 특별한 방법이 있겠어요? 그냥 실력대로 하는 거죠."

한 교수를 바라보며 미소 지었다.

5장
입주자 조사

한 교수는 신이 나서 구상 중이다.

그리고 문득 나는 이상한 점을 느꼈다. 왜?

'기숙사를 만든다? 현재중공업 바로 앞에 만세대가 있는데?'

나중에 없어지지만 현재중공업 앞쪽의 전하동은 현재 왕국이었다.

현재그룹 왕 회장이 사원들의 복지를 위해서 전하동 언덕배기에 집들을 줄줄이 지었다.

일만 세대나 된다고 하여 동네 이름이 '만세대'였다.

그런데 잘 곳이 없어서 기숙사를 짓는다? 개가 들어도 웃을 소리였다.

"교수님, 저 중공업에 좀 다녀올게요."

"그래라."

'그래라? 윽, 저 인간이!'

보통은 왜 가느냐고 묻지 않나? 당연히 물어볼 것이라 생각했고, 누가 살 집인지 알아볼 거다. 라는 대답까지 준비해 두었다.

하지만 한 교수는 지금 무지 바빴다. 등받이 의자에 누운 듯이 기댄 채, 정신은 이미 안드로메다로 갔다.

'상상의 날개를 펴고 계시는군. 나이 든 내가 고생 좀 하지. 어떡해.'

고개를 절레절레 흔들면서 교수실을 나왔다.

처음에는 학과장이나 다른 교수를 찾아가 볼까 하는 생각을 했었다. 하지만 이내 어리석은 짓이라 생각했다.

좋은 소리 듣기는 어려울 거고, 괜히 어린놈이 나댄다는 소리나 들을 것이다. 이십 년 전에 겪어 봐서 안다.

현재중공업 기획실을 찾았다. 실장을 만나고 싶었지만, 그 자리는 어린 학생을 만나줄 정도로 한가하지 않았다.

장연철이라는 주임을 만났다. 바로 결론에 들어갔다. 무슨 큰일이라고 빙빙 돌려 말을 할까!

"장 주임님, 기숙사 건 때문에 왔습니다. 그거 사용자가 누굽니까?"

그는 허둥거렸다. 딱 봐도 어제 주임을 단 친구였다. 척 봐도 어리바리. 대기업이라는 현재에 들어왔으면 머리가 좋을 텐데. 낙하산인가?

"음, 보자. 매뉴얼 라흠, 필립 멀트쌔커, 퍼 메우이어……."

퍼 메우긴 뭘 퍼 메우라고! 아주 독특한 영어 발음을 더듬더듬 구사하며 명단의 이름을 읊었다.

'이 친구야. 내가 그 사람들 이름이 궁금해서 왔겠어? 출세하긴 다 틀렸네.'

"잠깐 제가 볼 수 있을까요?"

멍하니 나를 바라보는 틈을 타서 명단을 낚아채듯 넘겨받았다.

'무시하는 건 아니지만 계속 듣고 있으면 내가 숨넘어갈 것 같아서 말이지.'

사회 초년병은 다 어리바리하다. 거의 대부분 경직되어 있다. 그것도 나 같은 외부인이 찾아오면 더하다.

그래도 현재 간판을 달았는데 새파란 대학생 앞에서 모르는 척도 할 수도 없고…… 고생한다. 쯧, 먹고살기 힘들지!

명단을 보니 그가 왜 더듬거렸는지 금방 알 수 있었다. 그럴 수밖에! 영어가 아니었다. 쓰여진 건 알파벳이지만.

"마누엘 람, 필립 메르테자커, 페어 모이어. 흠…… 전부 독일 사람들이네요?"

어떻게 그걸 알아? 라는 표정에 명단을 보여주며, 아래쪽을 가리켰다.

〈Nation : Germany〉

독일산 수입 가구를 판매한 적이 있었고, 몇몇 독일 업체와 다이렉트로 거래를 했었다.

독일어 모르면 당연히 할 수 없다. 죽기 살기로 공부를 했었다. 더듬더듬해도, 말하고 알아듣는 수준이었다. 처음에는 그걸로도 충분했다.

해외 영업? 특별할 것 같은가?

제품명 알고, 단가 알면 된다. 그리고 들어오는 날짜만 말하면 알아서 맞춰준다. 환율까지 따지면 칭찬받는다.

나는 칭찬받을 마음이 없었으니 신경 쓰지 않았다. 안 해도 모르는 바보 고참을 둔 죄로 머리는 편했다.

고로 단어 몇 개 알고, 인사성 바르고, 숫자만 제대로 알아도 외국인 상대는 문제없다. 문제는 자신감이지.

그쪽에서 볼 때, 내가 있는 회사는 고객이었으니까! 말 못해도 결제만 잘하면 'VVIP'였다.

내가 물건을 파는 입장이라면 이건 심각한 문제가 되겠지만, 나는 돈을 내는 입장이었다.

독일인들은 내 생각보다 친절했다. 최소한 전생의 뚱땡이 부장보다는 백배는 친절했다.

원어민처럼 말하지 못했지만, 회사는 나를 자르지 못했다. 나 빼고는 모두 벙어리였거든.

"독일에서 온 기술자들인가 보죠?"

장 주임은 고개를 끄덕였다. 독일에서 노동자를 끌고 오진 않았을 테니, 충분히 가능한 추론이었다.

독일하면 자동차의 메카이고, 그들의 선진 기술을 배우기 위해 무던히 기술자들을 초빙했었다.

독일 사람들, 생각보다 까탈스럽다. 하지만 속정이 깊은 면이 있어서 한 번 관계를 맺어놓으면 오래 간다.

오히려 내게는 강점이 될 수 있었다.

'머나먼 이국땅에서 외국인이 자기 나라말 하는 걸 언제 듣겠어?'

그것만 해도 점수는 먹고 들어간다. 물론 만나봐야 알겠지만 말이다.

"이 사람들 좀 만났으면 하는데, 안내 좀 받을 수 있을까요?"

당연히 받을 수 있다. 자기들끼리 이야기하는 소리를 들었거든.

'그냥 주는 대로 설계나 할 것이지. 웬 설레발이냐!'부터 시작해서 '괜히 귀찮은 일 안 생기게 잘 협조해라!' 하는 소리들.

잘 협조하라면서 이런 어리바리를 붙여주는 건 무슨 심술이냐! 대리급도 아니고.

"아, 네."

장 주임이 일어섰다.

"빨리요! 시간이 많이 없어서요."

한 교수가 완전히 안드로메다로 떠나기 전에 붙잡아야 된다.

고객이 누군지도 모르고, 너무 멀리 가버리면 궤도를 바로잡는 데 걸리는 시간이 더 많이 걸린다.

너무 창의성이 뛰어나도 주변 사람에겐 민폐였다.

최종 소비자인 기술자들의 취향을 알아내면, 바로 교수에게 연락을 할 참이다. 지구를 완전히 떠나 버리기 전에.

"성훈 학생, 통역 불러서 같이 가요."

시간 없다니까.

"그럼 위치만 가르쳐 주세요. 먼저 가 있을 테니까."

그의 눈에 의아함이 서렸다. 미친놈 아닌가 싶을 것이다.

콧대 높은 코쟁이들 앞에서 벙어리 되려고 저러나? 하는 눈빛이었다. 하지만 장 주임은 생각보다 친절했다.

"가면서 부르죠. 뭐, 급하니까 가시죠."

장 주임은 휴대폰을 꺼내 들고 기획실로 전화를 해서 위치를 가르쳐 줬다.

세 명 정도가 모여서 뭔가 토론을 하고 있었다.

"구텐 탁!"

인사하며 악수를 청했다. 완전히 독일인처럼 행동하지는 못하지만, 거래처를 확보하기 위해서 독일로 건너갔을 때, 그들의 예절에 대해서 공부를 했었다.

글로 배운 예절이라 맞기도 하고 그렇지 않은 것도 있었지만, 그리 무례하지 않게 좋은 관계를 맺을 수 있었다.

상대방을 존중하며, 약속만 잘 지켜도 웬만한 경우는 외국인임을 감안해 넘어가는 경우가 많았다.

일하고 있던 독일인들의 무뚝뚝해 보이는 얼굴에 이채가 어렸다. 통역사가 아닌 한국인이 독일어를 하는 것은 처음 봤기 때문이리라.

그들도 마주하며 '구텐 탁'으로 인사했다. 독일 사람들을 만나면 무엇으로 이야기를 시작해야 할까?

"역시 독일은 역시 호프브로이 맥주……."

'아차, 실수다!'

독일 뮌헨의 호프브로이 맥주가 진짜로 맛있더라는 말을 하려고 했었다.

기술자들의 출신지가 뮌헨이라고 쓰여 있었기에 들었던 생각이다. 바이어를 따라가서 먹었던 그 맥주 맛을 지금도 잊지 못했다. 그런 탓에 반가웠는지도 모른다.

이런 실수를 하다니. 독일에 갔다 왔다는 얘기는 죽었다 깨나도 못 한다.

생각을 못 했다. 다른 사람들보다 독일을 조금 알기에 할 수 있었던 생각이다. 헛다리 짚었지만!

말을 끄는 내가 이상해 보였던 것 같다. 인사하고 다른 말들은 잘만 하더니 왜 벙어리처럼 '어어' 하고 있냐 말이다.

나는 축구를 별로 좋아하지 않았다. 전생에 격투기를 보는 것은 좋아했었다. 특히 UFC를. 그 단체가 생기기나 했을까? 아무 도움 안 되는 취미였다. 젠장, 축구나 즐길걸.

'에라. 모르겠다.'

"……하고 바이에른 뮌헨……."

찰나의 순간, 그들의 얼굴을 살폈다. 아니면 바로 말을 바꾸어야 했다.

독일 사람은 축구 매니아다. 십중팔구는 그렇게 보면 된다. 그리고 연고지에 대한 사랑이 깊다.

그리고 내 앞의 이들은 그중 팔구에 속했다. 진지하게 말을 나누던 그들이 언제 그랬냐는 듯, 눈에 생기가 돌았다.

'가까스로 성공! 휴.'

"……이죠!"

환하게 웃으며 엄지를 들었다. 독일에서 아는 구단은 세 개밖에 없다.

차범근 선생님의 레버쿠젠, 프랑크푸르트, 그리고 바이에른 뮌헨!

소 뒷걸음질에 쥐가 밟혔다. 크흑. 이렇게 기쁠 수가!

그 뒤로는 일사천리였다. 자기들끼리 축구에 대한 토론을 하면서 이따금씩 나를 대화에 끼워주었다.

그럼 나는 말이 어눌한 척하며 '야(ja)!', '야!'만 반복했다. 축구 몰라도 된다. 가만있으면 중간은 간다. '야(ja)'는 yes와 같은 의미였다.

그것으로 나는 한국의 이방인들, 바이에른 뮌헨의 광팬들과 절친이 되었다.

물론 통역사가 왔지만 별로 필요하지 않았다. 통역사와 장주임, 두 한국인만 빼고 우리는 잘 어울렸다.

축구 이야기를 하는 독일어 소리가 공장 전체로 퍼졌는지, 어느새 독일인들이 슬금슬금 몰려들었다.

두 명의 한국인만 꿔다놓은 보릿자루마냥 멍하니 우리를 바라볼 뿐이었다.

분위기는 무르익었다. 1998년 월드컵을 독일이 우승할 거라는 예측까지 나왔으니까.

'아쉽다. 친구들아. 프랑스 월드컵은 프랑스가 우승한다네. 머리 까진 지단이 헤딩골까지 넣으면서.'

하지만 나는 그들의 친구였다. 독일인들은 친구를 배신하지 않는다. 적어도 친구의 마음에 상처를 주지는 않기로 했다.

그들은 직선적이다. 말을 비비 꼬는 것을 좋아하지 않는다. 딱 내 스타일이었다.

"내가 오늘 찾아온 것은 당신들이 살 집을 설계하기 위해서 찾아온 거요. 반드시 필요하다거나 혹은 피해줘야 할 것들이 있으면 의논하여 말해주시오."

여러 가지가 있을 것이다. 내장 자재로는 무슨 나무를 쓰지 말아 달라. 냄새를 좋아하지 않는다. 알레르기가 있다. 창을 통창으로 하지 말아 달라. 통창 공포증이 있다.

이유는 가지가지다. 30명이나 있는데, 의견이 통일될 수는 없다.

나는 그 의견 통일을 그들에게 맡겼다. 자기들이 살 집이니, 싸우더라도 자신들이 싸우고 결론을 내면 된다.

예상한 대로 쉽사리 결론이 나지 않았다.

"내일까지 결론을 내서 전화를 주거나 팩스를 주시면 고맙겠습니다. 당케 쉔!"

인사를 하고 빠져나왔다.

40대 중반의 통역사가 물었다.

"학생인 거 같은데, 어떻게 그리 독일어를 잘하시오?"

"제2외국어로 배웠습니다. 고등학교에서요."

그는 납득하지 못했다.

고등학교에서 배운 걸로 다 써먹을 수 있으면 어떤 미친놈이 자식을 독일, 영국, 미국 같은 만리타향으로 연수를 보내겠는가?

하지만 어쩌겠는가? 당사자가 그렇다는데.

'뭐, 천재라고 생각하겠지. 중요한 거 아니니까. 넘어가자. 쩝!'

우리와 함께 의뢰를 받은 설계 사무실에서는 아무도 찾아오지 않았다. 장 주임에게 확인했다.

물론 전화로 문의를 한 것은 장 주임이 모를 수도 있다.

그러나 한국 사회가 어떤 사회인가? 무사안일. 책임 회피. 딱 돈 주는 만큼만 일한다.

물론 그렇게만 해도 잘하는 축에 속하지만. 내 경험상 돈 주는 게 아까운 사람이 더 많았다.

하지만 그들의 특징은 자기 제품의 최종 소비자에게 관심을 두지 않는다는 것이다.

자신에게 돈을 주는 사람에게만 신경을 집중시킨다. 그들도 누군가에게 물건을 팔거나 혹은 줄 수 있다는 생각을 하지 못한다. 그 말은 곧. 누가 진정한 갑인 줄 모르고 있다는 말이다.

돈을 준다고 갑인가? 반드시 그런 것은 아니다. 그 돈이 누구를 위해서 쓰이느냐에 따라서 갑이 정해진다.

기숙사가 독일인들의 요청에 의해서 지어지는 것인지, 혹은 회사 측에서 지어주는 것인지 아직은 모른다.

그럼에도 알 수 있는 것은 결국 이 독일인들을 위해서 지어진다는 것이고, 그 결정의 마지막 열쇠는 이 사람들이 쥐고 있다는 것이다.

생색내며 지어줘도 마음에 들지 않아서 못 살겠다고 하면 헛돈을 버리는 것이다.

재벌들은 바보가 아니다. 자신이 가진 돈을 적재적소에 잘 사용했기 때문에 재벌이 된 것이다.

그리고 현재에는 맨땅에서 굴지의 사업을 일으킨 대한민국 경제의 거인이 있다. 호랑이 새끼는 호랑이다.

"아! 깜박했다."

전화를 한다는 것을 잊었다. 교수실에 들어오는데 생각이 났다.

나도 나름대로 그들과 대화하며 얻은 소스로 머리를 굴리느라 바빴다.

손은 운전하랴. 발은 클러치 밟으랴. 당연히 내 차는 수동이다. 남자라면 스틱이지!

순간적으로 기어를 탁탁 넣을 때, 여자들이 뿅 가는 건 해본 사람만 아는 스킬이다.

내가 본 사람들 중에 스틱 차를 모는 여자는 없다. 인생 사십 년을 살면서 나는 한 번도 못 봤다.

교수는 여전히 상상 속에 있었다.

교수의 비품 중에 가장 많은 교체되는 것이 의자라는 사실! 한 교수가 몸소 증명하고 있었다.

한 교수도 교수였다.

띨릴릴리!

독일어로 된 문서가 드르륵거리며 출력되고 있었다.

"역쉬, 아우토반!"

한 교수가 잠이 깼는지 침을 닦으며 물었다.

"무슨 아우토반? 벌써 독일 갈 준비하는 거야?"

'자! 이제 your turn이라고. 이 양반아!'

이제 상상이 아니라 실제가 시작된다. 한 교수님, 실력 좀 발휘해 주시죠.

실력? 잘 생각해 보면 그렇게 복잡하지 않다. 잘하는 사람 옆에만 있어도 레벨이 올라간다.

보는 것이 고수의 실력이고, 듣는 것이 고수의 말인데, 어찌 생각하는 것이 하수일 수 있겠는가?

이제!

한 교수의 실전 강의가 시작된다.

나는 그 한 교수가 한국에서 하는 첫 프로젝트에 내 이름을 올린다.

한 교수는 루이스 칸의 추종자였다. 그는 자신이 설계한 건물에 인간에 대한 배려를 담으려 했다.

그 배려란 기능성과 효율성, 그리고 인간의 감성을 모두 포함한 의미였다.

겨우 30명이 거주할 좁은 땅에서 그는 모든 시설을 만들어 냈다. 100평 정도의 대지에 3층짜리 건물을 설계했다.

비대칭의 'ㄷ' 자 형태로 구성되어 맞은편의 동료들과 이야기를 나눌 수도 있으며, 그림자가 지는 곳이 최소화되게 만들었다.

안에 내부로 파여진 곳은 산 쪽으로 향하게 하여 도시의 소음에서 가급적 멀어지도록 했다.

채광에 유리하면서도 자신들만의 프라이버시를 만들 수 있는 구조였다.

무려 한 달 동안 고심하면서 만들어낸 결과물이었다.

주도는 한 교수가 했지만, 내부의 실용성과 보이지 않는 곳의 배관이나 설비는 내가 주로 조언을 했다.

직접 집을 지어보고, 현장을 뛰어보지 않으면 알 수 없는 것들이다.

설계의 초기 단계부터 그런 것들이 고려되지 않으면, 시공 단계에서는 그것들을 풀기 위해서 애를 먹고 공사는 난항을 겪게 된다.

시공은 시공사가 알아서 하는 것 아니냐고? 어허, 현장 가서 인부들한테 싸다구 맞을 소리를…….

현장에서 해머로 콘크리트 안 까봤으면 그런 말 하는 거 아니다. 배려 없는 설계는 여러 사람 곡소리 나게 만든다.

전생에 알바를 할 때, 난 직접 콘크리트를 까봤다.

점심 식사가 끝난 후, 현장 기사가 말했다.

"이거 다 까면 야리끼리(할당량 채우면 바로 퇴근)다. 할래?"

건축과 학생임에도 콘크리트의 견고함을 체감하지 못했던

나와 친구들은 수락했다.

30㎝짜리 보에 직경 15㎝ 정도의 구멍을 내는 아주 간단한 일이었다. 기사는 친절하게 파쇄기도 제공했다.

결과는?

해머와 파쇄기를 모두 동원하고 쉬는 시간 없이 작업하고도 우리는 5㎝밖에 뚫지 못했다.

'해머로 때리면 부서진다'라는 진리는 개똥만큼도 안 통했다. 뉴턴의 3법칙. 작용 반작용은 통하지 않았다.

간악한 현장 기사의 간계였지만, 우리는 우리가 하는 방법을 몰라서 그런 줄 알았다.

다음 날 우리는 노가다 알바를 나가지 못했다. 온몸의 격통으로 인해 꼼짝도 못 했다. 조금만 경험이 있었더라면 절대로 하지 않았을 것이다. 그날 아파서 울었다. 곡소리까지는 오버지만.

시공은 시공사가 한다는 말은 맞다. 하지만 시공사만 믿고 있다가는 최종 결과물이 나온 뒤에 후회하게 된다.

왜냐고?

분명히 내가 설계한 건물은 맞는데, 다른 건물이 되어 있기 때문이다.

구멍이 숭숭 뚫려 있다. 초기 단계에 고려되지 않은 배관을 만들기 위해서 시공 단계에서 소소한 설계 변경이 이뤄지기 때문이다.

일일이 설계자와 상의하다가는 만년이 가도 골조 안 올라간다. 현장에서는 현장만의 원칙과 노하우가 있다.

어쩔 수 없는 일이다. 시공사만 탓할 수 없다. 전기 없이 살 수 있는가? 똥 안 싸고 살 수 있는가?

전기와 배관은 무조건 들어가야 한다. 생각 없는 건축가들이 설계한 것을 도면 그대로 지으면 아무도 살 수 없는 집이 된다.

에어컨? 생각도 하지 말아야 된다. 단열, 보온? 장난치나!

기본 설계를 할 때는 후에 이루어질 실제 공정들이 움직일 여백을 만들어 둬야 공사에 차질이 없다.

예일대 출신 한 교수를 납득시키기 위해 애를 먹었다. 그는 여기가 미국인 줄 알고 있었다.

'결국 공사하는 사람은 한국 사람이라고. 이 양반아! 한 대 때릴 수도 없고.'

속으로 화를 삭일 뿐이다. 역시 엘리트는 엘리트였다.

'현장을 개뿔도 몰라! 크앙.'

한 교수가 물었다.

"성훈이 너, 현장을 어떻게 그렇게 잘 알아?"

"저 노가다 열라 많이 했어요. 그래서 전문가예요."

맞다. 나는 전문가였다. 이전 삶에서 땜빵 처리 전문가였다.

어떤 놈이 설계를 했는지 현장을 갈 때마다 매번 같은 요구를 해야 했다. 한국의 대학에서는 그런 걸 가르쳐야 한다. 마감 공정 생각하면서 설계하라고.

"이거 배선이 왜 안 보여요? 배수구는요? 환풍구는요?"

보통 집을 구입하는 고객들도 가구는 턱턱 놓으면 되는 줄 안다. 가구가 장난감이냐. 턱턱 놓게?

추가 공정 없이 정해진 일만 하고 나오는 경우는 극히 드물다. 현장 기사들이 후속 공정을 배려하지 않기 때문이다.

가구 공사는 건축의 가장 마지막 공정이다. 가구가 들어가야 건축 공사가 끝난다는 말이다. 가구가 없으면, 멋진 드레스를 입어놓고 마지막에 지퍼를 잠그지 않은 거나 같다. 속살이 다 보이기 때문이다.

일을 그따위로 해놓고도, 왜 이렇게 시간이 많이 지체되냐고 닦달하는 것이 그런 놈들이다.

'어쩌랴, 고객인데 참아야지.'

지금 생각해도 울화가 치미는 것은 하도 당한 게 많아서 그럴 것이다.

'능력은 쥐뿔도 없는 것들이 갑이라고 나대기는. 확!'

그렇게 수정을 거치고 나온 것은 기능성을 강조하면서도

하나의 마을 같은 느낌을 주는 건축물이었다.

건물 바로 앞에는 화단으로, 건물의 비어 있는 부분에는 테니스 겸 족구장을 2개 만들었다.

공 두 개만 있으면 언제든지 대항전을 벌이고, 맥주 한잔 기울일 수 있는 배치였다.

일과 피로에 찌든 이방인들이 하루의 피로를 풀고, 고향의 향수를 그나마 느낄 수 있고, 동료들과 축구 이야기를 나눌 수 있을 것이다.

그리고 튀어나온 양 날개는 계단식으로 배치하여 비어 있는 옥상을 최대한 이용할 수 있도록 했다.

고급진 테라스의 느낌이랄까. 빨래를 말리기도 하고 소그룹으로 맥주도 한잔씩 기울일 수 있을 것이다.

외부에서 볼 때는 직선의 교차로 인해 세련됨을 강조했고, 내부에서 볼 때는 땅에서부터 올라오는 유려한 곡선으로 편안함을 느낄 수 있었다. 마치 엄마의 품처럼 아늑한 느낌을 줄 것이다.

내부에는 널찍한 욕조를 가진 샤워실과 세탁을 위한 공간이 있었다.

한 교수와 나, 선영이의 머리를 맞댄 설계였다.

큰 틀은 한 교수가 잡고, 대지를 어떻게 이용할 것인지 고안했고, 나와 선영이가 내부의 배치와 인테리어를 고민했다.

방 내부의 인테리어야 크게 돈을 들이지 않겠지만, 복도의 인테리어는 의미가 달랐다. 이곳은 독일인들의 현관이기도 했지만, 현재의 자부심이다.

지금의 독일인 이후에 다른 기술자가 오더라도 현재의 수준을 느낄 수 있는 곳이다. 건설 후에 중공업 사장이 보러 왔을 때도 후질구레하면 기분이 좋지 않을 것이다.

적은 돈으로 최대한 돈을 썼구나 하는 마음이 들도록 인테리어를 꾸몄다.

여러 장의 아름다운 그림이 완성되었다.

손으로 슥슥 그려진 개념도, 입면도 여러 장, 평면 및 배치도.

이제 손이 바빠질 것이다. 청사진을 뽑으려면 말이다.

'뭐든지 같은 값이라면 포장이 좋아야죠. 한 교수님!'

나는 맛있는 음식을 포장까지 제대로 해서 최고의 작품을 만들 것이다. 내 것에 손이 안 갈 수 없도록 말이다.

"입면도부터 시작하고 있어. 회의 끝나고 바로 올게!"

한 교수는 교수 회의가 있어서 자리를 비웠다.

나는 제도판이 아니라 컴퓨터 앞에 앉았다.

"뭐 해요, 선배?"

선영이가 물었다.

"도면 뽑아야지. 캐드 깔려 있지? 14버전?"

"깔려 있기는 한데. 캐드 할 줄 알아요?"

'이 사람아, 내가 이걸로 먹고살았다.'

가구 디자인하는데 손으로 했다가는 욕을 바가지로 먹는다.

바로 공장으로 파일 넣고, 기계로 문양을 파내야 하는데 손으로 그려서 뭘 할 거란 말인가?

컴퓨터는 뭐든지 수치화되지 않으면 입력을 받아들이지 못한다.

컴퓨터는 예술을 이해할 줄 모른다. 공장장도 마찬가지다. 그는 기술자지, 예술가가 아니다.

"뭐 대충."

"정말? 군대 제대한 지도 얼마 안 됐는데, 공부 열심히 했나 보네요. 대다네요!"

오크가 귀여움을 떨면서 나를 칭찬했다.

조카 같은 녀석에게 칭찬을 받는 기분이란 참! 하지만 의외로 나쁘지 않았다.

한 10분 정도 지났다. 무지하게 헤맸다. 이렇게 구닥다리를 쓰기는 했었던가? 하는 생각이 절로 들었다.

일 년 후에는 캐드 2000이 등장한다. 제도 문화의 혁명이 일어난다. 하지만 지금의 최신판 CAD R14.

극악한 사용자 인터페이스를 비롯하여 아직도 DOS의 흔적이 고스란히 남아 있는 명령 체계는 순간적으로 사람을 멍하게 하는 매력이 있었다. DDos 아니다.

과거로 돌아왔다는 실감이 팍팍 들었다. 그나마 메모리와 CPU는 나름 빵빵해서 돌리는 데 무리가 없었다.

펜티엄 II, 128 램. 하드 300메가. 그리고 윈도우 95. 마이크로 소프트를 성장하게 한 일등 공신!

몇 년만 지나도 갖다 버리는 데 돈을 내야 할 구닥다리가 되지만, 지금으로서는 준수하다 못해 뛰어났다. 젠장!

숙달하는 데는 문제가 없었다. 명령어를 기억하고 있었으니.

단지 매번 수치를 넣을 때 명령어를 일일이 넣어야 한다는 것이 귀찮았을 뿐이다.

'에잇, 귀찮아! 짜증 나!'

정말 귀찮아서 때려치우고 싶은 생각도 들었다. 든 자리는 몰라도 빈자리는 안다고. 정말 옛날이 그리웠다.

'얼른 1년이 지나갔으면 좋겠다. 주식도 올라 있을 테니. 그때도 세상이 이따위라면 그 돈 가지고 돈질이나 하면서 살

테다.'

입을 댓 발이나 내민 채 작업에 몰두했다.

"휴, 무슨 회의를 세 시간이나 하는 건지."

교수가 돌아왔다. 정신력 소모가 어마어마했던지 파김치가 되어 있었다.

의자에 털썩 앉으면서 말했다.

"도면 얼마나 그렸냐? 나도 같이하자."

선영이가 웃으면서 도면을 내밀었다. 아까 두고 간 도면들이 이미 결과물로 나와 있었다.

"헉, 이거 뭐냐? 캐드로 다 그린 거야? 그새?"

도면을 훑어보던 교수는 또 한 번 놀랐다.

"내장, 외장 자재까지 다 되어 있네. 대단한데. 바로 취직해도 되겠어, 선영!"

교수가 엄지를 치켜세웠다.

"성훈 선배가 다 했어요."

"그래? 그런데 성훈이는? 어디 갔어?"

그러면서도 그의 눈은 도면을 향하고 있었다.

"야! 이거 대학교 2학년짜리 솜씨가 아닌데? 그놈 물건이네. 손댈 게 없어."

"대단해. 한 십 년은 도면만 친 것 같잖아. 관록이 보여.

야! 구름 표시로 주의사항까지 세심하게 적었네.”

“어! 내장 도면까지 다 뽑았네? 이걸 언제 다 생각했대? 대체 그놈은 못하는 게 뭐야?”

중얼거리면서 도면을 보기에 여념이 없었다.

“선배는 뭐 좀 구할 게 있다고 나갔어요.”

이미 선영이의 말은 교수의 관심 대상이 아니었다. 도면을 넘기며 자기만의 세계에 빠져 있었다.

그 후로도 몇 번의 수정과 보완을 거쳤다.

한 교수의 철학이 담긴 설계도는 세련미가 돋보였다. 물론 내 철학도 충분히 반영되었다. 선영이 것도 손톱만큼.

똑같은 선으로 된 설계도였지만, 더 고급스러워 보였다고 할까.

아마도 선과 선이 만드는 공간, 그리고 그 사이를 채우는 여백이 주는 아름다움이 아닐까 싶다.

지극히 미국적인 실용성에 동양적 여유가 담겨 있었다.

한 교수는 설계자란에 나와 선영의 이름을 집어넣었다.

‘같이 고생했으니까, 되면 같이 나눠 먹자’라는 말과 함께.

‘한 교수 전성기에 비하면 살짝 모자라지만, 그래도 이 정도면 첫 작품치고는 근사하잖아.’

의도하지는 않았지만 한 교수의 호의를 입었다. 그는 됨됨

이가 된 사람이었다.

무엇보다도 내 이름이 새겨진 처녀작이었다.

'초라하게 데뷔하느니, 아예 하지 않는 게 낫지.'

한 교수에게 신세를 지우려면 더 확실한 임팩트가 필요했다. 그리고 현재건설에 한 교수의 이름을 박으려면 더더욱.

그날, 나는 밤을 새웠다.

"포장을 할 거면 완벽하게 해야지!"

남들이 충분히 예상하는 것으로는 의외성을 줄 수 없었다. 그저 '좀 하네!' 하고 끝날 뿐이다.

컴퓨터로 도면을 뽑는다고는 하지만 그건 기능적인 것이다. 전문가들은 한 교수의 실력을 알아볼 것이다.

다만 말하지 않을 가능성이 많다. 갖다 댈 말은 많다.

"아주 좋은 작품이기는 하나, 아직 한국 사회에서는 시기상조다."

"아주 좋은 시도이기는 하지만, 한국의 정서와 맞지 않다."

나보고 대라고 해도 수십 개는 댈 수 있다.

결국은 '아주 좋은 제품인 건 맞는데, 네가 했기 때문에 맘에 안 든다' 그 말이다.

왜 이런 말이 통용될 수 있느냐? 사용하는 언어가 다르기 때문이다.

법조인은 법률 용어로 말하고, 미국인은 영어로 말하고, 수학자들은 숫자로 말하지만, 건축하는 사람들을 선으로 말한다.

도면만 보고 최종 결과물이 어떻게 만들어지는지 일반인들이 알 수 있을까?

하얀 종이 위에 'Green'이라고 쓰여져 있으면 '녹색'으로 인지하는가?

그 느낌을 금세 알아차릴 수 있을까? 전문가들도 쉽지 않다.

나름 이름 있다는 전문가들의 몇 마디로 천재들이 묻히는 경우는 수도 없이 많았다.

좁은 나라에 수많은 천재가 태어났지만, 꽃피우지 못한 것은 단지 나라가 좁기 때문만은 아니다.

그 안에 살고 있는 기득권자들의 대가리도 좁아터졌기 때문이다.

"아는 사람만 아는 구조와 공간의 아름다움으로는 의외성을 줄 수 없지!"

확연하게 차이를 두지 않으면 누군가는 말로 끼어든다. 말이란 살짝만 비틀면 코걸이도 귀걸이도 되는 것이다.

"'바보가 와도 이게 더 멋있어요'라는 말이 나와야 하지 않겠어?"

결국 말이 끼어들 여지를 안 주면 되는 것이다. 혼잣말을 하며 투지를 불태웠다.

이미 다른 건축사 사무소에서도 CAD로 도면 치는 사람이 있을 것이다. 아직은 CAD가 대중화되지 않았다고 해도 그렇게 생각하는 것이 옳은 판단이다.

그러나 캐드의 기능에 대해서 나보다 더 많이 알리는 없었다. 1년 경력과 20년 경력을 비교하는 것은 그야말로 어불성설이다. 하지만 누가 캐드를 잘 다루냐를 경쟁하는 것이 아니다. A4 위에 새겨진 선들은 공평하다.

'스트레치'를 사용하든 하나하나 '무브'로 옮겨서 이어붙이든 종이에 새겨진 결과는 똑같다는 말이다.

'말이나 다른 계략이 끼어들 여지를 두지 않는다.'

캐드가 2000 버전이 활성화되고 윈도우 기반 인터페이스를 갖추게 되면서 오토 캐드는 건축 전반에 뿌려지게 된다. 그때는 선택 사항이 아니라, 건축 관련자들의 필수 요소가 되어버린다. 세상이 바뀌는 것이다.

나는 그 바뀌는 세상의 것들을 사용할 수 있다. 내 전문 분야의 기술이라면 절대로 지지 않을 자신이 있었다.

유행과 지식을 선도하는 학교에서 그들보다 못하다면 어떻게 명함을 내밀 수 있을 것인가?

전문가가 아니라서 그렇습니다. 하는 변명은 애들이나 하는 짓이다. 무슨 수를 쓰든 그들을 이겨야 했고, 나는 그럴 자신이 있었다.

마감 날이었다. 드디어 승부의 시간이 왔다.

“교수님, 제가 직접 갖다 주고 올게요. 그때 그 선배도 한 번 만나보구요.”

“그래, 술 많이 마시지 말고. 쓸데없는 말은 하지 말고.”

한 교수는 흔쾌히 허락했다.

쓸데없는 말이란 아마도 동문이라고 잘 부탁한다는 말을 하지 말라는 것이라 생각된다.

‘그 양반! 이상한 데서 자존심을 세우네. 쩝.’

현재중공업 앞에서 학과 사무실로 전화를 걸었다. 선영이가 받았다.

“선영아, 내가 하나 첨가할 게 있는데, 교수님께 여쭤 봐. 그래도 되냐고.”

잠시 후, 선영이가 답했다.

—공동 설계자니까 알아서 하라시는데요? 뭐예요?

“그런 게 있어. 그럼 내일 보자. 바로 들어간다.”

통화를 마치고 서류철 안으로 CD 한 장을 집어넣었다.

서류를 제출하고 그 선배를 만났다. 박중완이라고 했다. 선배는 기숙사 건축을 담당하는 기획실 장 주임도 불렀다.

바로 회사 앞의 호프집으로 향했다.

박 선배가 호쾌하게 말했다.

"얘기 들었다. 독일어가 유창하다면서? 와, 언제 그렇게 공부했냐?"

'공부가 제일 쉬웠어요'라는 말로 어물쩍 넘겼다.

오랜만에 후배에 대한 칭찬을 들어서 기분이 좋았던 모양이다.

"남자는 말이야, 술로 친구가 된다. 술 마셔 보면 다 알아."

한참 어린 후배 앞에서 호기를 부렸다. 서른밖에 안 된 친구가 술을 상당히 좋아했다.

또한 술에 대한 자신감도 있어 보였다. 좋은 현상이다.

현장에서 일을 하면서 술을 못 하면 어떡하는가? 한국 사회에서 사람과 엮인 일은 술로 풀면 편하다.

"건설 현장에서 일하려면 말이야. 남자가 호탕해야 해. 성훈아, 한 잔 받아!"

맥주잔에 두꺼비를 가득 따랐다. 그리고 내 앞으로 슥 밀었다.

'어쭈! 겁주는 거냐?'

복잡한 의미의 웃음을 지었다. 너무 좋기도 하고 살짝 당황스럽기도 했다.

'그렇지. 나 스물다섯이지!'

내 실체를 알았다면 이런 겁대가리 상실한 행동을 감히 못했을 텐데. 선배야! 명복을 빌어주마.

"하늘 같은 선배님이 주시는 술을 어찌 거부하겠습니까!"

벌컥 벌컥 물마시듯 원샷을 하고, 선배에게 두 손으로 잔을 바쳤다.

"크! 후배가 한 잔 따르겠습니다. 선배님! 원샷?"

그리고 활짝 미소 지었다. 15년이 넘게 해왔던 영업용 미소를.

흠칫하던 선배 녀석이 따라 미소 지었다. '감히 후배 놈이 술 배틀을 걸어?'라는 눈빛이었다. 그는 남자였다.

"크으! 딸꾹!"

그의 빈 잔을 받아 장 주임에게도 잔을 들이밀자, 질리는지 두 손을 휘휘 저었다. 그리고 소주잔을 흔들었다.

"나는 이 잔으로 먹을게요. 괜찮죠?"

선배도 아닌데, 마구 들이밀기가 애매했다. 그리고 저렇게 예의를 차리는데야.

그렇게 둘은 술 배틀이 붙었고, 한 시간도 되기 전에 두꺼비 열 마리를 잡았다.

그리고 한 사람이 전사했다. 넋이라도 있고 없고!

쿵.

장 주임이 질린다는 듯 웃었다. 그도 우리를 따라 홀짝 하면서 취해 있었다.

"욱, 자네 술 진짜 센데. 옆에서 보는데도 쏠린다. 욱."

내 앞에 머리를 숙인 선배를 보며 웃었다.

'덤빌 걸 덤벼야지. 15년 접대 경력을 뭐로 보고. 적어도 폭탄주 30잔은 돼야지.'

"장 주임님, 저 학교로 들어가 봐야 되는데. 괜찮겠습니까?"

그가 손을 휘휘 내저었다.

"그래그래, 박 대리님은 내가 알아서 할게."

"그럼, 설계안 보시고 연락 주십시오. 우리 선배님 통해서 연락 주시면 됩니다. 그럼."

허리를 꾸벅 숙여 인사하고 포장마차를 나왔다. 저녁 8시였다.

"어, 기분 좋다."

제대 후 처음 마시는 술이었다. 선배에게 얻어먹는 술이라 기분이 좋았다.

이겨서 더 기분이 좋았다. 선배고 나발이고. 애송이에게 지고 싶은 마음은 추호도 없었다. 흥.

최종 발표일은 보름 후였다. 할 수 있는 것은 다했으니,

기다리면 된다.

"야, 김성훈이, 무슨 짓을 한 거야!"

교수실로 들어서는 나에게 교수가 한 말이다. 선영이는 아직이다.

"네?"

"도면에다가 무슨 장난을 쳤길래, 이런 대박이라는 소리가 나오는 거야. 엉!"

교수의 목소리는 흥분되어 있었다.

아직 설계 결과가 나오려면 일주일이나 남았는데 벌써 결과 발표가 난 건가? 물론 결과는 기대한 대로겠지만.

"벌써 결과 나왔대요?"

한 교수가 체통도 없이, 내게 헤드락을 걸었다. 순간 나는 습관적으로 교수를 번쩍 들어 똥꼬 찍기를 할 뻔했다. 그랬다가는 아무리 친한 교수라고 해도, 얄짤 없겠지!

'이봐요, 교수님아. 지금 나는 살인병기라고! 알아!'

유럽 여행을 대비해서 체육관에서 관장의 조카 녀석과 실전을 하고 있다. 매트에서만 연습하다가 드디어 링에 올라간 것이다.

실전과 연습은 다르다나 뭐라나 하면서. 나도 알거든! 그리고 녀석은 타격의 달인이었다. 전직 권투선수!

물론 죽 싸게 얻어터졌다. 솔직히 킥은 연습한 보람이 있어서 크게 밀리지 않았다. 아니, 오히려 로우킥은 더 강했다. 녀석의 입에서 윽 하는 신음이 나오게 했으니.

하지만 짬밥이 어디 가는가? 길다란 리치로 툭툭 거리를 잰 다음부터는 샌드백 취급을 당했다. 아! 자존심 상해. 이 이야기는 이따가 하기로 하고.

교수가 말했다.

"아직 공식적인 발표는 안 났지. 박중완이한테서 연락 왔더라. 더 볼 것도 없다고. 얼른 말해봐! 무슨 짓을 했는지."

"잠깐만요, 교수님. 이거 놓고……."

"야, 인마, 그렇게 재밌는 게 있으면 먼저 털어놔야지. 내가 늦게 알아서야 되겠어?"

"그럼 재미없잖아요. 그래서 뭐라고 하셨는데요."

"뭐라고 하긴. 알고 있는 척했지. 한국에서는 '알아도 모른 척! 몰라도 아는 척!' 해야 된다면서."

어디서 주워들었는지 몰라도, 하! 한 교수 한국 사람 다 됐네.

"누가 그래요?"

투덜대면서 컴퓨터를 켰다. 일단 보여줘야 진정이 될 것이다.

"지가 그래 놓고는 무슨! 그렇게 말하면 안 되는 거였냐?"

"아뇨, 잘하셨어요. 교수님 짱!"

컴퓨터 화면에 사진이 떴다. 우리가 설계한 건물 투시도 사진이었다.

"헉! 이거 우리가 설계한 건물이잖아!"

한 교수가 투시도와 내 얼굴을 번갈아 보며 놀란 표정을 감추지 못했다.

벙찐 얼굴로 나를 이상한 놈 보듯이 바라본다.

"너 혹시 타임머신 타고 미래에서 온 거냐?"

뜨끔! 알고 있는 건가? 그럴 리가?

하지만 내 얼굴에는 관심이 없는지, 사진에 눈동자를 박아 넣고 있었다. 휴! 십년감수했네.

"야! 어떻게 이런 생각을 할 수가 있냐? 뭐로 만들었냐?"

"맥스요. 2.5."

"이런 거 할 수 있는 프로그램이 나온다는 소리는 들었는데, 진짜로 되네!"

어디서 정보를 듣기는 했나 보다. 넋을 놓고 보던 한 교수가 제정신으로 돌아왔다.

"다른 쪽에서 본 투시도는?"

숨 돌릴 틈도 없이 나를 재촉했다.

대여섯 컷을 확대 축소해서 보더니 미소를 한껏 머금고 엄지를 들었다.

"굉장한 실력이야. 솔직히 한국에서 이런 걸 볼 거라고는 생각도 못했어. 아직 미국에서도 상용화되지 못했거든. 기껏 해야 영화 쪽하고 방송사에서나 쓸까."

전혀 모를 것 같은 사람이 생각보다 잘 알고 있었다. 어떻게 알았지? 영 맹탕은 아닌가 보네.

"며칠 전에 친구랑 통화하면서 우연히 컴퓨터 투시도에 대한 이야기가 나왔거든! 그래서 아는 거야."

그럼 그렇지!

"아직 미국도 걸음마 단계인데, 한국 학생인 자네가 쓴다니 안 신기하겠어? 이건 토픽감이야."

이때는 즉각적으로 해명을 해줘야지.

"컴퓨터공학과 쪽에 친구가 많아서요. 저도 이런 쪽 정보가 빠르죠."

고개를 갸우뚱하고 미소를 날려주며, 그의 궁금증을 풀어주었다.

그는 고개를 주억거리며 내 말에 납득을 했다.

사실이었다. 컴퓨터 공학과 쪽에 친구가 많았다. 하나도 아니고 둘이나 되니까. 비록 사귄 지 며칠 안 되긴 하지만.

사실, 도면이 완성되기 전에 '3D MAX 2.5'를 구하려고 억수로 노력을 했다. 하지만 도저히 시간 내로 구할 수가 없었다. 인터넷에서 뭔가 정보를 찾는 것은 아직은 시기상조이기도 하고, 가격이 무려…… 300이 넘었다. 정품 말고는 구할 곳도 없었다. 구한다고 해도 오는 데 시간이 너무 걸렸다.

'에라, 모르겠다. 컴퓨터 과니까 있겠지!'

정말 있더라. 빌려달라고 했다. 조교는 어림도 없는 소리 하지 말라고 했다. 하긴 나 같아도 그러겠다. 내 뭘 믿고!

'일단 있기는 있다는 말이지. 그럼 방법이 있지!'

학과장을 찾아갔다. 나이 마흔 정도 되는 담당 교수가 무슨 말도 안 되는 소리냐고 역정을 냈다.

"얼마짜린 줄은 알고 하는 소리야?"

당시 한 학기 등록금이 200 정도 했었다. 일 년 치 등록금이 있어야 사는 물건이다. 물론 구하기는 그보다도 더 어렵고. 당시 컴퓨터과와 자동차과는 지원이 빵빵했기에 그런 비품의 구입이 가능했으리라 생각된다.

말만 안 했지, 속으로는 미친놈이라고 했을 것이다.

돌직구를 날렸다. 원하는 것이 있으면 내 패도 보여줘야 하는 법 아닌가?

"교수님, 어떻게 쓰는지는 알고 구입하신 겁니까?"

"대충은 알고 있지. 험!"

알면 아는 거고, 모르면 모르는 거지. 대충이 어디 있나!

'아주 대놓고 모른다고 하는구만. 저 표정 봐라.'

당황하는 표정을 숨기려고 노력하고 있었지만, 내겐 훤히 보였다. 어린놈이 어디서 통하지도 않을 구라를. 예끼!

"그 프로그램 테스터 필요하지 않으십니까?"

훗날이야 3D 프로그램이 애들 장난감이 되지만, 이때는 전문가만 쓸 수 있는 것이었다.

그리고 훗날에도 비전문가는 모델링이나 하는 정도였지, 실제로 조명과 텍스쳐는 고급 기술이었다.

V-ray가 발전하면서 쓰기 쉽게 바뀌기는 했지만, 전문가의 영역은 아직도 건드리기 어려웠다.

용량도 무시할 수 없고, 빵빵한 CPU와 메모리가 있어야 가능했다. 일반인들이 그걸 살 돈이 어디 있나!

그런 물건을! 출시된 지 얼마 되지도 않았는데, 겨우 컴퓨터 언어나 만지작거리는 사람들이 사용한다? 있을 수 없는 일이다.

영역이 다르기 때문이다. 만드는 것과 사용하는 것은 그 차이가 하늘과 땅이다.

칼 만드는 대장장이가 반드시 일류 검객일 수는 없지 않는가? 난 그 부분을 찍은 것이다. 난 할 수 있다고.

교수 옆에 있던 조교가 끼어들었다.

"믿을 수 없어요, 교수님! 우리 과 학생들도 아직 잘 못하는데. 게다가 저 사람은 건축과잖아요!"

그래서 뭐. 니들이 입시 성적이 높아서 뭐. 건축과 돌대가리라고? 속으로 울컥했다.

자격지심 아니냐고? 아니다, 이놈의 기집애가 말하는 톤이 꼭 그랬다. 말로 해야만 의미 전달이 되는 것은 아니다.

어린 것이 아주 싸가지가 없다. 쥐뿔도 모르는 게 어른이 말하는 데 끼어들어서는…….

내가 필요한 것만 아니었으면 대번 책상 뒤집어엎고 나왔을 것이다. 참았다. 참을 인(忍) 자 네 번 쓰면 인내다.

교수에게 단도직입적으로 물었다.

"교수님, 한번 해보면 될 것 아닙니까? 손해 보는 거 있습니까?"

"……."

'닳는 거 아니거든, 이 양반아!'

"해봐야 돌멩인지 보석인지 분간도 될 거고. 어떤 용도로 쓰이는지 알아야 만들 시도라도 할 거 아닙니까. 맨날 C 언어만 붙들고 있다고 답이 나옵니까?"

"……."

"보나 안 보나 뻔한데."

또다시 눈치 없는 조교가 끼어들었다. 자기 과에 대한 자부심이 대단한가 본데.

"뭐가 뻔하다는 말이에요!"

나도 말이 과하기는 했지만, 지금은 마음이 급했다. 예의 따지다가는 죽도 밥도 안 되게 생겼다. 차라리 도발이 낫다.

난 그녀를 신경 쓰지 않기로 했다. 협상의 당사자인 교수는 가만히 있는데, 나대면 밉보인다. 이미 찍혔지만.

"교수님, 제가 말이 지나쳤습니다. 죄송합니다. 하지만 그거 2.0 버전하고 많이 다릅니다. 텍스쳐 넣은 것도 많이 다르구요. 조명은 아예 생각도 못 하셨겠네요. 지금 모델링이나 제대로 하면 다행일 겁니다. 2.0 버전이랑 인터페이스 차이도 많이 나서 사용하기 힘드시죠?"

'다 알고 왔으니까. 얼른 내놔라. 시간 없다. 내가 그걸로 먹고살았다.'

맥스는 비싸다. 그 뒤로도 버전이 몇 번이나 업그레이드가 되었고, 제작사도 많이 바뀐 걸로 알고 있다.

매해마다 새로운 버전이 나오는데 그걸 매번 사재낄 사람이 얼마나 될까? 사탕 가격도 아니고 말이다.

그런 덕분에 그나마 가장 안정적이고 쓸 만했던 2.5 버전을 사람들이 많이 썼다. 부끄럽지만 나는 불법 다운로드로 사용했었다. 나는 가난했다.

그러던 맥스는 어느샌가 맥스 9버전이 나왔고, 그때부터는 품질 차이가 확연하게 나서 사용자들이 울며 겨자 먹기로 바꿀 수밖에 없었다. 거기에 생계가 달렸는데, 아무리 기술이 뛰어나도, 그 기능 하나보다 못하다면 바꿀 수밖에 없는 것이다. 그래서 나는 2.5 버전을 3년 이상 사용했던 것 같다.

서당 개도 3년이면 풍월 읊는다. 나는 어땠을까?

'캐드야 R14 버전 많이 안 써봐서 버벅거렸지만, 맥스는 다르거든.'

내가 했던 말 중에 틀린 곳을 찾을 수 없었던지 붉으락푸르락하다가, '힘드시죠?'라는 말에는 위로가 되었는지 약이 올랐는지는 몰라도 허락을 했다.

진중한 어투로 '장난치는 거면 가만두지 않을 거야!'라는 말을 하면서 말이다.

어쩔 건데! 나한테 고맙다고 절이나 하지 마라!

컴퓨터공학과의 교수가 건축과 학생을 징계할 요소는 많지 않다. 애초에 남인데…….

뭐 어쩌겠는가? 그런 식으로 엄포라도 놔야 어린 학생이 겁이라도 먹지 않겠는가! 내가 어리지 않아서 안 먹혔던 거지.

'아! 감회가 새롭구나. 이 촌스러운 인터페이스여!'

이제 더 이상 만질 일이 없을 거라 생각했던 맥스 2.5! 이 놈은 이때도 이렇게 귀한 대접을 받았구나.

'뭘 보여줄까요?'라고 묻지도 않았다. 애초에 나는 건물 투시도를 만들기 위해서 왔으니 말이다.

교수와 조교를 등 뒤에 앉혀놓고 슥슥 건물을 만들어 올렸다. 도면이 있으면 좋지만 없어도 그만이다. 이미 머릿속에 다 있는데, 굳이 본다는 것도 귀찮았다.

명령어 버튼을 마우스로 일일이 클릭한다? 그런 초보 같은 짓을 하면서 쪽을 팔 김성훈이라 생각했다면 오산이다.

진정한 실력자는 버튼이 꼭 필요한 경우가 아니라면 별로 사용하지 않는다. 단축키를 사용할 뿐이다. 약간 귀찮은 설정 과정을 거치기만 하면 된다.

왜? 습관이기도 하지만 폼 나거든! 프로페셔널한 삘이 팍팍 나지 않는가! 황제 임요완이 SCV 생산 버튼 눌러가며 버벅거리면서 게임하는 거 봤나? 그런 건 초보 때나 하는 짓이다.

오른손은 마우스, 왼손은 자판에 올리고 스타크래프트를 하듯이 모델링을 했다. 전체 화면과 분할 화면을 오가면서.

역시 컴퓨터과라 그런지, 사양이 우리 사무실 것과는 비교도 안 되게 좋다. 손가락이 자판 위를 날아다닌다.

교수나 조교가 나의 노하우를 훔쳐 가거나 뭘 하는지 알 거라고는 생각지 않는다. 화면이 휙휙 바뀌고, 무슨 명령어를 치는지도 모르지만 이미 건물이 쭉쭉 올라가고 있으면 그때부터는 '연구'가 아니라, 그냥 '구경'이다.

묘기를 본다고 하지 않는가?

묘기는 연구하는 것이 아니라, 구경하는 것이고, 구경하는 순간 관찰자가 아니라 구경꾼이 된다.

교수와 조교는 구경꾼이었다. 단언컨대 이런 광경은 한 번도 못 봤으리라. 이 사람들은 기계언어를 가지고 프로그램을 만드는 사람들이다. 복잡한 명령어와 부호가 아무리 많아도 척 보면 아는 사람들. 진짜 전문가였다.

다만 프로그램을 짜고 만드는 데는 전문가지만 사용하는 것은 초보일 뿐이다. 나는 그 반대 입장이고.

모델링을 하고 텍스쳐를 입히고 조명을 넣어서 그림자를 만들었다. 어렵지 않았다.

생각해 보면 애초에 어려운 일이 아니었다. 생각을 손으로 전달하기 전에 이미 손이 움직이고 있었다. 그리고 무엇보다 우리나라 최고 사양의 컴퓨터를 쓰고 있는데 버벅거릴 일이 없었다.

우리 사무실이었다면 두 배가 넘는 시간이 걸렸을 것이다. 그 전에 내가 열 받아서 부숴 버렸을지도 모르고.

원하는 뷰를 잡고 그림자를 빼고 렌더링을 돌렸다. 실제 렌더링에서 시간이 많이 걸리는 것은 그림자의 위치값을 연산하는데 CPU와 그래픽카드 메모리의 대부분이 이용되기 때문이다.

이건 어쩔 수가 없다. 그래서 시간이 부족할 때는 포토샵으로 그림자를 그려 넣기도 하는데, 아주 복잡한 건물이 아니라면 그렇게 티가 나지 않는다.

하지만 복잡한 건물이면 그림자가 아주 어색해지고, 건물과 그림자가 따로 놀게 된다. 그렇게 망작이 탄생한다.

"흠, 좋아!"

오랜만에 사용한 것치고는 만족스러운 결과물이 나왔다. 실력 어디 안 가는군!

뷰를 지정하고 그림자 렌더링을 돌렸다. 이건 시간이 꽤 걸리는 작업이다. 장당 30분 정도!

"절대 아무것도 건드리지 마세요. 알았죠!"

등 뒤의 둘에게 엄포를 놓았다. 모니터에서는 선이 1㎜씩 내려가며, 사진 파일을 만들고 있었다. 두 사람은 고개를 끄덕이면서 어떤 결과물이 나오는지 지켜보고 있었다.

그동안 옆의 컴퓨터에 가서 미리 구해놓은 사진 파일을 넣고 배경을 만들었다. 건물이 놓일 위치를 생각하면서.

조감도였다면 주변 상황을 실제적으로 꾸며야 하기에 조금 더 까다로웠겠지만, 투시도는 다르다. 거기가 거기 같고, 여기가 거기 같다. 나무 몇 개 조경으로 늘어놓으면 구분하기 어렵다.

투시도와 조감도의 가격이 다른 이유가 여기에 있다. 훨씬 손이 많이 가기 때문이다.

3D 그래픽. 척 보기엔 굉장히 고급스러운 일 같지만, 알고 보면 순수 노가다다. 손가락 노가다!

둘의 관심사는 포토샵이 아니었지만, 내 손이 움직이는 것을 보고 컴이 멈춘 사이 슬쩍슬쩍 내가 하는 작업을 훔쳐보고 있었다. 알 수 없는 눈빛을 주고받으면서.

'이 사람들아. 모니터에 다 비친다.'

포토샵을 그 자리에서 하는 것은 두 가지 이유가 있다.

첫째, 단지 컴퓨터가 고사양이라 작업하기 편하다는 이유.

둘째, 내가 멍하니 있으면 뭔가 질문을 던질 것 같아서였다.

'어떻게 배웠나?', '어디서 배웠나?' 한 교수처럼 '혹시 미래에서 왔나?' 하는 소리를 들으면 곤란하고 난감한 상황에 빠진다.

그러니 뭔가를 하고 있으면 최소한 건드리지는 않을 것이다. 궁금한 건 그 사람들이고 나는 해당 사항 없다. 전혀 안 궁금하다.

하나가 완성되고, 네트워크로 파일을 옮기면서 다시 렌더링을 돌렸다. 그다음은 반복 작업이다.

옮겨온 건물의 사진에서 불필요한 부분을 뜯어내고 미리

만들어둔 배경에 올려서 뷰를 자연스럽게 맞춘다. 그리고 레이어들을 정리하여 전후좌우가 적절하도록 배치하는 작업을 했다.

조감도 작업은 렌더링만 해놓고 다음에 하기로 했다. 이것만큼은 건물이 없으면 작업을 미리 해놔도 소용없다.

뷰가 약간이라도 안 맞으면 전체 구도가 어색해져서 다시 해야 하기 일쑤이기 때문이다.

렌더링을 돌리는 데만 장장 세 시간이 걸렸다.

그 세 시간 동안 내 뒤의 두 사람은 숨도 쉬지 않은 것 같다. 대단한 집중력을 보이며 나를 지켜봤다.

'집중력만큼의 결과를 얻었기를 진심으로 기도해 줄게.'

포토샵은 히스토리가 남는다. 그래서 어떤 명령어로 어떤 작업을 했는지 알 수 있다. 물론 그것도 머지(Merge)를 해버리면 알 수 없지만…… 맥스에서도 그 기능이 있다.

하지만 이 버전에서는 사용하면 좌표값이 흐트러지는 경우가 많았다. 좌표가 엉망이 되는 것이다.

'쯧. 그래도 사용한 양심이 있어서 그건 남겨 둔다. 연구해 보세요.'

말 몇 마디 없이 작업이 끝났다. 나는 거짓말을 하지 않았다. 교수에게 사용하는 법을 보여줬다.

보고도 배우지 못한 것은 자기네 사정이지, 내 사정이 아니다. 파일을 저장하고 자리에서 일어났다.

그들의 고개가 날 따라 움직였다. '자네, 뭐 하나!' 하는 표정이다.

"감사합니다, 잘 썼습니다."

꾸벅 고개 숙여 인사했다. 내 볼일은 끝났거든! 집에 가야지. 밤도 늦었는데.

교수가 말했다.

"가려구?"

잘 가라는 인사의 뉘앙스가 아니었다.

'이렇게 사람을 멘붕으로 만들어놓고 편하게 가기를 바란다는 말이더냐!' 딱 이 뉘앙스!

나도 안타까웠다. 좀 더 시간을 보내고 싶었는데, 컴퓨터가 좋아서 렉이 안 걸리는 걸 나보고 어쩌라고!

"그럼요! 못 하면 작살을 내신다고 엄포 놓으신 분은 교수님이시고, 저는 했잖습니까?"

건축과 학생이 건축물 투시도를 뽑았다. 아마 꼭 필요하니까 뽑았을 것이고, 그걸 뽑을 수 있는 프로그램은 컴퓨터 공학과에만 있었다. 교수가 바보가 아니라면 알 수 있는 시나리오였다.

내가 교수였다면 결과가 완전히 나오기 전에 딜을 걸었을 것이다. 절대로.

왜냐고? 이미 오줌 싸고 털털 털고 나왔는데, 화장실 사용료 내놓으라고 하면 낼 놈이 어디 있나? 적어도 오줌 줄기가 끊어지기 전에는 사용료를 받아야지. 그게 장사고, 그게 거래다.

엘리트들은 돌발 상황에 상당히 약하다. 더러운 꼴을 겪을 일이 별로 없기 때문이다. 결국 나 같은 놈은 만나본 적이 없다는 말이지.

난 이미 먹을 거 다 먹었고 입까지 싹 닦았다.

교수가 얼굴이 벌게졌다. 수줍음을 많이 타시나?

내가 틀린 말을 한 건 없는데, 그…… 감정적 손해라는 것이 있지 않나. 딱 그 상황이었다.

'교수님아! 뭔가 딜을 걸어봐! 맘에 들면 받아주지. 아까의 괘씸죄야."

"아까는 테스터를 할 거라면서."

'겨우 꺼내는 게 그건가? 버스 지나간 지가 언젠데.'

내가 영업용 미소를 띠우며 웃었다.

"네, 그랬죠. 아까는."

"……."

"그런데 저 친구 말을 들어보니, 건축과 학생은 별로 맘에 안 드시는 것 같아서요."

"내가 대신 사과하지. 그건 우리 조교가 경솔했네."

교수의 사과에 조교는 얼굴이 벌게졌다. 다행히 더 떠들지는 않았다.

'오오, 의외로 솔직담백하네. 젊은 친구가.'

감탄했다. 젊은 사람의 오기로는 저렇게 곧바로 시인하기 쉽지 않은데, 거기다 직함도 교수이지 않나!

그냥 가려다가 걸음을 멈췄다.

"뭐, 어린 친구라서 그럴 수도 있다고 봅니다. 신경 쓰지 마십시오."

"고맙네. 그리고 테스터를 꼭 해줬으면 하네. 솔직히……."

말을 했으면 끝을 맺으십시오. 교수님!

"나는 자네 같은 사람이 필요하네."

"……."

조건은 필요한 자가 내놓는 것이다. 나는 들어보고 선택하면 된다.

처음의 나는 건방진 건축과 학생이었고, 컴퓨터 앞에 앉았을 때는 도전자였으며, 지금의 나는 꼭 필요한 사람이었다.

내 눈빛은 냉랭했다. 작업을 하는 세 시간 동안 한 말이라고는 하나밖에 없었다. 건드리지 말라고.

세 시간이나 공간을 공유했지만, 우리는 서로에 대해서 알 수 없었다.

"나는 자네를 공짜로 부릴 생각은 없네. 근로장학생으로 채용하고 싶네. 한 달에 50만 원!"

호오, 꽤 세게 부르시는데. 보통 근로장학생이 30을 받는다. 물론 시간에 따라 약간씩 다르지만.

일반 학생의 입장에서 50만 원은 작은 돈은 아니다. 어디까지나 일반 학생 기준에서.

"쩝."

'50만 원 주고 학생 구해서 쓰세요'라고 말하고 싶었다. 나는 돈이 필요한 것이 아니었다. 있으면 좋지만, 없어도 당장 급하지 않다.

컴퓨터 공학과와의 관계를 만들고 싶지만, 그것도 반드시 필요한 것은 아니다. 있으면 좋고 없어도 그만! 그런데 교수는 마음에 들었다. 다소 경솔하기는 했지만 솔직담백하고 진지한 사람이었다.

내게 필요한 것은 프로그램이다. 물론 사서 쓸 수도 있다. 하지만 버전 업이 될 때마다 사서 쓸 수는 없다. 지속적인 사용만 할 수 있으면 된다. 왜 그는 그것을 모를까?

교수의 머리 굴리는 소리가 들렸다. '어떻게 하면 저놈을 잡을 수 있을까!'

꼭 말로 해야 아는 것이 아니다. 세월의 연륜이 쌓이면 금방 알 수 있는 것이다. 교수는 고민 중이었다.

'괜찮은 사람 같은데, 힌트나 좀 주자. 안 되면 사서 쓰지 뭐.'

맥스 8.0 버전이나 9.0 버전 나올 때까지는 2.5으로 버티지 뭐. 계산은 이미 끝났다. 급한 불은 껐으니 말이다.

“교수님! 전 알바를 하러 온 게 아닙니다.”

교수도 깨닫고 있었다. 애초에 이놈은 프로그램을 쓰려고 온 놈이라고. 자신이 격장지계에 당한 거라고.

“그건 나도 알아. 투시도를 뽑으러 왔겠지. 알았다면 먼저 조건을 걸었을 거야.”

약 오른 교수에게 이죽거렸다.

“못 거셨죠!”

“크흑!”

교수는 저도 모르게 신음을 내뱉었다.

“원하는 걸 말해. 들어주지.”

“교수님!”

옆에 있던 조교가 교수를 말렸다.

“됐어! 어차피 저놈 말대로 쓰지도 못 하고 버벅거리는 거. 가지고 있어봐야 쓸모도 없어. 뭐야, 말해!”

백기 들고 나오는데, 더 약 올리면 반감만 사게 된다.

“프로그램을 계속 쓰고 싶습니다. 그것뿐입니다.”

“계속 쓰고 싶다고? 그 말은 이후에 나오는 버전도 포함된 말이겠지?”

좋아. 알아들으면 말을 길게 할 필요가 없지. 고개를 끄덕였다.

"그렇게 해. 대신 이 친구한테 가르쳐 줘!"

이걸로 돈을 벌 생각인데, 어느 천년에 하나씩 가르치고 있나! 그건 안 되지.

"교수님, 그건 말이 안 되죠. 꼴랑 50만 원 받고 과외하게 생겼어요? 옆에서 보고 능력껏 배우라고 하세요!"

50만 원은 끼워 넣었다. 그것도 돈인데 무료 봉사하고픈 마음은 쥐꼬리만큼도 없었으니까.

"대신 유출하는 건 안 돼. 그러니까 쓸 때는 여기 와서 써!"

무슨! 지금 불사조 모가지 비트는 소리를.

"그건 안 되죠. 그럴 거면 뭐하러 저 친구 데리고 다니면서 가르쳐요?"

"저 대학원생이거든요!"

자꾸 친구라고 하자, 무시당했다고 생각했는지 조교가 소리를 빽 질렀다.

"내가 오빠거든! 그리고 니 선생이거든! 싫으면 말고!"

어디서 어린것이! 내가 먹은 밥에 몇 그릇인데.

저 기집애는 데리고 다니면서 시다바리로 써먹어야 되겠다. 짐꾼으로. 작업 보조로.

"그리고 너! 맥스 책이란 책은 다 사서 읽어. 실력 안 되면 잘라 버린다."

내가 아쉬울 거? 없었다. 그리고 교수에게 말했다.

"유출되면 안 되니까, 이 컴퓨터로 쓸게요. 만약 프로그램을 가지고 나가야 한다면 저 친구한테 말할게요."

당연한 말이지만, 컴퓨터 사양은 여기 있는 게 최고다. 맥스 같은 프로그램은 내 걸로 돌리지도 못한다.

'이참에 그래픽 카드도 최고로 달라고 해야지! 그리고 이 기집애야. 넌 짐꾼 당첨이다. 고생 좀 해봐라.'

이게 내가 컴퓨터공학과 사람들과 인연을 맺게 된 사연이다.

6장
나에게 돈이란……

1998년. 지금도 투시도 업체는 꽤 존재한다.

수작업 투시도!

그림 좀 그릴 줄 알면 할 수 있는 일이었고, 이 세계에도 고수는 존재했지만, 돈이 아깝지 않은 A급 업체가 적었고, 그나마 B급도 가격은 무시무시했다.

지금의 투시도 그리는 일은 꿀 빠는 일이었다.

업체는 적은데 일은 많다. 즉 수요와 공급의 불일치가 생긴다면 당연히 단가는 올라간다.

단가가 맘에 안 들면 퇴짜 놓으면 된다. 그래도 갈 곳이 없으니, 다음 날 고개 숙이고 돈 들고 찾아왔다. 일 좀 해주세요! 하고.

진정한 갑이 아니고 무엇이겠는가?

그래서 울산처럼 서울에 비해 상대적으로 작은 도시에는 투시도 업체가 없었다. 울산에 지점이 없어도 일 맡기러 오는데 굳이 울산까지 분점을 낼 이유가 없는 것이다.

무엇보다도 될지 안 될지 모르는 일을 위해 한 건당 몇백만 원씩 하는 투시도를 맡길 건축 사무소는 없었다. 지금은 IMF 직후였다.

나는 컴퓨터 그래픽으로 승부를 걸었다.

그림이 아니라 그림자가 살아 있는 사진으로 출력된다. 지어질 건물을 미리 볼 수 있다. 전문가가 아니라도 알 수 있다는 말이다.

거기서 나는 어중이떠중이의 의견이 끼어드는 것을 100% 막았다. 외국인들이 바보라도 알 수 있게. 거기에다가 포토샵으로 아주 약간의 보정을 가했다. 트윙클하게!

'어느 건물이 더 맘에 드냐?'

나는 정면승부를 걸었다. 아마 울산에서는 처음이 아닐까!

서울에서도 막 그래픽 업체가 생겨나고 있을 즈음이었다. 현재 정도의 대기업은 접해 보기는 했을 거다.

현재건설이라면! 해외의 건설 기업들과 상대를 해야 하므로 그 수준 또한 높을 수밖에. 하지만 중공업이라면. 과연?

"성훈아, 이거 다 보냈냐?"

나는 고개를 흔들었다.

"아뇨. 하나만요. 전측면 투시도요."

한 교수가 고개를 주억거리며, 입술을 장난스럽게 비틀었다. '그랬단 말이지' 하는 눈빛으로. 무슨 짓을 하려고!

화장실을 다녀왔다. 한 교수가 통화 중이었다. 아주 편안한 자세였다.

"그러니까 기획실장님! 그건 서비스라니까요. 서비스 몰라요? 서비스! 이후로 나오는 건 당연히 비용 처리해 주셔야죠. 초면에 이러시면 곤란합니다."

교수가 손으로 전화를 받으라고 표시했다. 같은 전화를 훔쳐 들으라는 말이다.

얼굴에는 장난기가 다분한데 목소리는 더없이 근엄했다. 조용히 수화기를 들었다.

−교수님, 사정 좀 봐주시죠!

누군가의 간절한 목소리가 들렸다. 기획실장이다.

'누군 어리바리 주임 붙이고, 누군 직접 전화하냐!'

"그래도 안 되는 건 안 되는 거죠! 누구는 땅 파먹고 삽니까! 그것도 내가 부탁해서 겨우 한 건데!"

무슨 소리를 하는 거지. 부탁이라니. 저 꼬장꼬장한 인간이 누구한테 부탁을 해! 가당찮은 소리를.

사람들이 오해를 할 수 있다. 한 교수의 온화한 겉모습을 보고 부드러운 사람일 거라고.

나에게 부드러운 것은 이유가 있다. 알다시피 전통 건축! 한 교수는 양동마을에 다녀온 뒤, 완전히 내 팬이 되었다.

오해할까 봐서 하는 말인데. 한 교수 저 인간, 생긴 건 얌전해도 성질 드럽다. 지금도 현재중공업의 기획실장이나 되는 사람을 상대로 갑질 하고 있잖은가!

날 보고 웃으며 입에 침을 슥 돌려 바른 교수가 시동을 걸었다.

“다른 뷰에서 보는 투시도 장당 100만 원, 부분 투시도 장당 50만 원. 조감도는 거기서 쩜오 플러스! 그 정도는 받아줘야 나도 면이 서지 않겠어요. 내 얼굴 보고 도와 준건데.”

우물은 목마른 자가 파는 거다. 한 교수는 오아시스에 앉아서 딜을 하고 있다.

‘조건을 말해봐. 맘에 들면 받아줄게.’

딱 그 마인드다. 직접 봤다면 열불이 쳐 올랐을 텐데…… 혼자 보기 아깝다.

의자에 등을 기대앉아서 두 다리를 책상에 턱 올려서 꼬고는 코를 후비고 있다. 한 손은 수화기를 잡은 채.

“아 참! 실장님도. 많이 깎아준 거예요. 정 미심쩍으면 서울 업체에 전화해 보세요.”

‘오호! 한 교수. 장사 많이 해본 솜씨인데.’

정말이지, 이 사람은 예상치 못한 부분에서 사람을 놀래킨다.

한 교수가 나를 보며 손가락을 말았다. 'OK?' 사인이다.

고개를 끄덕여 주고는 수화기를 막고 '풋!' 하고 웃어버렸다. 뭐 저런 인간이 다 있지? 완전 체질인데!

그냥 정방형의 건물이면 전면과 좌면, 후면과 우면, 그렇게 두 장만 있으면 전체적인 모습을 다 알 수 있다.

그러나 'ㄷ' 자형의 건물은 그렇게 봐서 모든 부분을 볼 수 없다. 몇 개의 뷰를 더 찍어야 알 수 있다.

결국 기획실장은 승복했다. 결재를 받아서 다시 전화하겠는 말을 남기고 끊었다.

"단가는 어떻게 아신 거예요?"

"뭘 어떻게 알긴. 전화해 봤지. 서울에."

"투시도 업체요?"

교수는 고개를 끄덕인다.

"홈페이지 봤거든. 허접하더라. 네가 한 게 훨씬 낫더라. 그런데도 투시도 한 장에 150 달라던데? 그래서 난 좀 깎아 불렀지. 이번만 하고 말 것도 아닌데, 그 정도는 생각해 줘야지. 안 그러냐?"

난 말없이 웃었다. 어이가 없어서.

‘투시도 한 장만 물었으니까 그렇지! 한 건물로 몇 컷 찍는다고 하면 컷당 100이면 떡을 치거든. 지금은 IMF라서 더 쌀 수도 있고.’

교수가 말했다.

“나오면 용돈에 보태 써라.”

몇 장이나 나올 줄 알고 저렇게 호탕하게 나오는가! 배포도 크다.

결론을 미리 말하자면, 그 돈 다 받았다.

조감도 150, 투시도 추가로 3장 300, 부분 투시도와 내부 투시도까지 원해서 450. 현관 복도 내실 등등 찍을 곳은 많았다. ‘ㄷ’ 자 건물이니 꺾이는 곳이 좀 많아야지. 도합 900만 원을 받았다.

어지간히 서울 투시도 업체 실력이 허접했었나 보다. 그게 아니면 가격을 세게 불렀든지.

우리 설계비로 책정된 금액이 2,500이었다.

중완 선배가 대박이라고 할 만했다. 이런 결과를 예측한 것은 아니었겠지만.

한 교수가 말했다.

“술 사라!”

난 정중하게 뒷좌석의 문을 열어주며 말했다.

"가시죠, 보스!"

이번 수입의 공신은 누가 뭐래도 한 교수였다. 그는 이런 대접을 받을 만했다.

'솔직히 내가 말했으면 씨알도 안 먹히거나, 단가를 후려쳤겠지.'

그런 귀찮은 과정 없이 그 단가 그대로 다 받았으니, 진정한 대박이었다.

'이렇게 기특한 짓을 하는데, 조만간 시간 내서 부석사 구경이나 시켜 줘야겠어!'

중완 선배와 장 주임, 한 교수, 선영이까지 불러서 크게 한턱을 쐈다. 언양 불고기집에서 말이다.

남은 돈? 몽땅 주식에 넣었다.

난 내 스스로에게 물어봤었다.

"야! 김성훈이, 넌 왜 그렇게 주식에 목을 매냐?"

많은 고민을 했었다. 새로운 인생과도 직결되는 문제였으니.

남들이 내 행동을 본다면 미래를 안다는 알량한, 어떻게 보면 사기적인 지식으로 돈을 번다고, 어린놈이 돈독이 올랐다고 욕할 것이다. 욕심에 취했다고 하겠지. 알고 있다.

나의 그런 질문에 내 안의 김성훈은 이렇게 말했다.

"너, 돈 없이 꼴 보기 싫은 거 안 하면서 살 수 있어?"

나는 나 자신에게 거짓말을 할 수 없었다. 나를 속일 수 없었다.

단지 숫자에 불과한 그 돈이 사람을 얼마나 비참하게 만드는지 너무나 처절하게 겪은 나다. 그래! 그깟 돈 몇 푼 때문에 몸이 망가지는 줄 모르고 야근을 했고, 술에 찌들어 살다가 차에 치어 죽었다. 그깟 돈 때문에.

나에게 돈이란, 내가 하고 싶은 것을 할 수 있게 하는 도구가 아니다. 내가 하기 싫은 것을 안 해도 되게 만드는 배경이다.

흔한 졸부들의 갑질을 위한 도구가 아니라, 졸부들의 갑질 따위는 안드로메다로 튕겨 보낼 실드가 될 것이고, 나를 온전하게 나다운 모습으로 자존하게 만드는 발판이 될 것이다.

있는 자에게 돈은 도구에 불과했지만, 없는 자에게 그것은 자존심보다, 목숨보다도 귀중한 것이었다.

없어서 구걸하듯 살았던 나는 그 과거를, 아니, 지금 이후에 다가올 미래를 너무 잘 안다.

휴대폰 사업으로 돈방석에 앉을 수도 있고, 천정부지로 오를 땅을 미리 선점함으로써 부동산 부자가 될 수도 있으며, 누군가가 대박을 칠 아이템을 가로챔으로써 저작권을 훔칠 수도 있었다. 그들의 알량한 실력과 운 따위는 모두 내 것으로 할 수 있었다.

하지만 인간이기에, 양심이라는 것이 있는 인간이기에 졸부 갑질만은 하고 싶지 않았다.

그깟 돈 좀 있다고 사람을 비참하게 만들 수 없다. 겨우 그깟 돈 때문에.

쥐꼬리만 한 권력으로 사람을 깔보는 놈은 권력으로 뭉갤 것이고, 일 가지고 갑질 하는 놈은 일로 역관광을 시킬 것이며, 돈으로 갑질 하는 놈은 돈으로 밟아주겠다.

적어도 갑질을 하려면, 당하는 사람이 승복하도록 제대로 갑질을 해야 하는 것 아닌가? 이전의 나는 갑이었던 적이 거의 없다. 항상 당하는 자의 입장이었다. 없기 때문에 당했다. 가지고 태어나지 못했기 때문에, 돈 많은 부모를 만나지 못했기 때문에 엘리트 교육을 받지 못했다.

물론 게으른 내 본성이 어디 가는 거 아니니까 여전히 찌질한 삶을 살았을 수도 있겠지. 단지 억울한 것은 기회를 얻지 못했다는 것, 내 스스로 어떻게 할 수 없는 불공평함, 실수를 만회할 수 없는, 아니, 만회할 기회조차 주지 않는 갑들의 잔혹함이었다. 저들은 처음부터 잘났었나?

적어도 그 사람에게 다시 생각할 기회를 만드는 갑질을 해야 한다는 말이다.

반성의 계기가 되는 갑질!

그것을 내 새로운 인생의 원칙으로 삼았다. 진짜 인생을,

김성훈의 인생을 살아보고 싶었다.

누군가에 억눌려서 살고 싶지 않고 돈에 구애받으면서 살기 싫다. 보기 싫은 꼴은 안 보면서 살고 싶다.

주식은 그 삶을 받치는 기초석이 될 것이다. 내 계산으로 내가 죽었던 그 시점에, 마흔두 살이 될 때 내 주식의 값어치는 5,000억이 넘는다.

하지만 나는 그것을 내 노력으로 이룬 것이라고 미래에 태어날 내 아이에게 자랑할 수 없을 것 같다.

당연히 물려줄 생각도 없고, 물려줘서도 안 된다. 있다는 티도 내지 않을 것이다.

내 안의 김성훈에게 물었다.

"그럼 쓰지도 않을 돈을 뭐 하러 모으냐?"

"그거라도 없다면 어려움이 닥쳐올 때, 지금처럼 당당할 수 있겠어?"

그 말에 나는 당당하게 '그렇다'라고 답할 수 없었다.

언젠가는 그 배경 없이도 당당해 져야겠지만 아직은 두렵다. 그것이 내가 주식에 목을 매는 이유다.

김성훈이 말했다.

"욕해! 욕하라고! 비겁하다고 하든 치사하다고 하든, 난 두 번째 인생도 쓰레기통에 처박고 싶지 않으니까!"

과연 나는 김성훈을 비겁한 놈이라고 욕할 수 있었을까?

그동안 그림의 기초를 연습했다. 정윤을 만난 지도 석 달이 넘었다.

그 사건 이후, 잠시 그녀가 어색했지만 아무 일 없이 넘어갔다.

알다시피 나는 연습광이다. 그리고 반복광이다. 기초를 신물이 나게 반복 연습했다.

석고 데생만 100개를 넘어섰다. 짬짬이 풍경화와 세부 묘사도 연습했다. 십만 번의 법칙은 무시했다. 꼬부랑 할배가 되도록 연습만 할 수는 없으니까. 나는 융통성이 풍부한 40대 중년이었다.

나는 그리고 싶은 것이 있었다. 얼마 전 '타이타닉'이 개봉했었다.

제임스 카메론 감독의 흥행작.

남자들은 케이트 윈슬렛의 미모에 반했고, 여자들은 디카프리오의 열병을 앓았다.

거의 20년 만에 다시 보는 나는 아름다운 영상에 빠졌다. 디카프리오가 윈슬렛의 몸을 그려주던 방.

붉은색 나무에 신주를 가공해서 박은 판넬들로 화려하게

장식된 그 방!

타이타닉의 일등 객실은 디카프리오가 묵던 창고 같은 방과는 비교도 안 되게 화려하고 멋있었다.

케이트 윈슬렛의 몸도 그 소파와 배경이 받쳐줬기에 더 아름다워 보이지 않았을까?

그걸 계기로 나는 서양식 귀족풍의 인테리어를 그리기로 마음먹었다. 내게는 도전이었다.

도서관을 뒤지다가, 무시무시하게 귀족 냄새가 나는 방들만 모아놓은 유럽 저택 사진집을 발견했다. 슥슥 페이지를 넘기면서 보고 있는데, 굉장히 화려한 응접실이 눈에 들어왔다. 그 순간 느낌이 딱 왔다.

'난 이걸 그리기 위해서 그림을 배운 거야.'

실패할 수도 있었고, 시간이 얼마나 걸릴지 몰랐다. 하지만 그 사진이 내게 이렇게 말했다.

'Catch me, if you can!'

약 올리듯 도도한 모습에 넋을 잃었다. 그리고 웃어줬다. 까짓것 해보지, 뭐. 말리는 사람도 없는데.

정윤은 제자들의 그림을 정리하고 있었다. 가볍게 인사를 하고 내 자리에 앉았다.

밤 11시. 아무도 없었다. 조용하니 집중하기 좋은 밤이었다.

연필을 든 채 눈을 감았다. 사진에 있던 귀족의 응접실이 내 머리로 들어왔다.

'블록으로 구분된 사각 돔의 천정, 그 블록마다 천정화가 그려져 있었고.'

그림들이 하나하나 뇌리를 스치고 지나갔다. 어두운 느낌의 풍경화들.

탁자 옆에 근엄하게 찻잔을 들고 있는 귀부인, 활을 들고 사슴을 잡는 모습, 아마 신화의 한 부분이 아닐까 싶다.

각각의 블록 테두리는 화려하게 양각되어 금박이 입혀져 있었다.

'그 아래로 천정 몰딩이 묵직하게 자리 잡고 있었지.'

그 또한 금이었다. 얼마나 위세가 대단했기에 모두 금으로 장식할 수 있었을까?

각 벽체는 몰딩으로 파티션을 나누고 아름다운 문양의 실크로 마감이 되었다. 저 시대에 실크 벽지는 없었을 테니, 한 땀 한 땀 수놓은 것이리라. 화려함의 극치였다.

잠시 방의 풍경을 구경하던 나는, 그곳에 가 있는 듯했다. 공간의 실재가 생생하게 느껴졌다.

그 방을 거닐며 공기를 들이켰다. 오래된 목재의 은은한 향, 큰 창을 통해 들어오는 눈부신 햇살, 푹신하게 깔린 카펫, 실크의 부드러움, 앤틱 가구의 나뭇결.

"이제 그릴 수 있겠어."

손을 움직였다. 투시도의 중심선을 미미하게 그었다. 나중에는 다른 선들에 가려 보이지 않을 것이다. 가려질수록 그 존재는 흐려지지만, 흐려져야만 임무가 끝나는 히든 라인!

천정과 벽체를 구성하는 블록들, 그것들의 이음새를 부드럽게 하고 거친 구조물을 가려주는 몰딩들이 모습을 드러낸다. 실크 벽지와 양탄자가 자리를 잡고, 가구들이 배치되었다. 보일 듯 말 듯한 옅은 선으로 여백을 채워 나간다.

마지막으로는 빈 공간에 떡하니 존재감을 과시하는 샹들리에.

"좋아. 배치가 끝났군."

세부적인 디테일은 가장 전면의 샹들리에부터 시작되었다. 천정에서 내려온 하나의 라인!

그곳에서 6개의 줄기가 뻗어 나오고 아래로 치달아 다시 하늘로 고개를 쳐든다. 꽃받침, 꽃송이, 개화.

피어오른 꽃에서 하얀 밀랍이 솟아오르고, '화륵' 초에 불이 붙었다. 가지의 지나온 곳에 수정방울들이 송골송골 맺혔다. 수백 개의 방울은 스펙트럼이 되어 무지개를 만든다. 눈부시다.

"흠, 똑같으면 재미없지."

정윤이 말했었다.

모방과 창조는 한 걸음 차이라고.

정윤은 내 옆에 서 있었다.

"똑같은 선에 서 있죠. 모방이에요. 이제 겨우 따라잡은 거죠. 큰 가치를 둘 수 없어요."

그렇다. 남이 개척해 놓은 길을 편하게 따라가는 것을 누가 못 할까!

나를 옆으로 바라보며 한 걸음을 내디뎠다.

그녀는 나보다 딱 한 걸음 앞에 서 있다. 뒤를 돌아 나를 보았다.

"이 한 걸음이 창조의 시작이죠. 저는 건축을 모르지만, 당신의 노력이 뭘 위한 건지는 알아요. 당신은 창조자가 되고 싶은 거예요. '건축의 신!'이랄까? 누구도 내딛어 보지 못한, 그 한 걸음을 내딛는 자!"

참 거창하게도 말한다. 그러나 기분 좋은 말이다. 항상 느끼는 거지만, 그녀의 말에는 격려와 여유가 있다. 원래 그런 여자다. 나이에서 나오는 것과는 다른 분위기가 있다.

창조라!

이전의 삶에서는 감히 엄두도 낼 수 없었던 생각이다.

이런 말을 해주는데도, 나는 고맙다는 말도, 그렇게 거창한 목표는 아니라는 겸양도 하지 않았다.

그냥 웃었다. 내가 지을 수 있는 가장 편안한 미소였던 것 같다.

그게 정말 내가 바라는 것일까? 과연 가능하기나 한 일인가?

모방에서 창조로 나아가는 그 한 걸음 앞에서 대부분은 좌절한다. 딱 한 걸음!

'알 게 뭐야! 가는 데까지 가보는 거지. 적어도 못 해봐서 후회하지는 않겠지.'

그런 후회는 한 번으로 충분했다.

샹들리에의 밋밋한 줄기에 두 마리 실뱀을 둘렀다. 백금색으로 빛난다. 실처럼 가늘어서 쉽게 눈에 띄지 않으나, 자각하는 순간 이미 눈은 사로잡힌다.

굵직한 뿌리는 생명의 출발점. 꿈틀거리는 근육처럼 매끈하면서도 강력하게.

"뭐, 직접 만들 것도 아닌데, 화려하면 어때."

내 목적은 귀족의 응접실보다 더 화려하게 만드는 것, 시선을 사로잡는 것, 내 손끝에서 나오는 그림에게 사진 속 응접실이 고개를 숙이는 것.

'감히 어디서…… 머리를 조아리거라!'

내 그림이 호통치는 소리가 들렸다.

"크크크."

미친놈처럼 혼자 환상을 그려간다. 어떤 곳은 강하게 또 어떤 곳은 연하게. 종이 위에서 연필이 신명나게 춤춘다.

잔잔한 종이 위, 목탄 가루 한 방울!

톡!

수면이 일렁이듯 파도가 퍼져 나간다. 물결을 따라 흐릿함은 밀려나고, 숨어 있던 라인이 드러난다.

수천, 수만의 터치로 새롭게 완성된 나만의 응접실!

손대야 할 곳이 점점 사라져 갔다. 본능처럼 구별된다. 채워야 할 곳과 비워야 할 곳이.

더 이상 손댈 곳은 사라지고, 마지막 터치를 했다. 의자에서 일어나 뒤로 물러났다. 팔짱을 끼고, 오른손으로 턱을 긁었다. 예술가의 지정 포즈 아닌가!

뿌듯한 마음으로 그림을 감상했다. 나르시스트라고 해도 좋다. 뿌듯한 걸 어쩌라고!

미소 지었다. 만족스러웠다. 보여줄 사람은 없지만 이 정도면 수준급이지 않은가! 춤이라도 추고 싶었다.

하지만 내 나이 마흔셋. 춤추기엔 좀.

히딩크 포즈로 팔을 들었다가 힘차게 내렸다. 함성을 지르면서.

"예에!"

발도 동동 구르고 싶었지만 나이가…… 쩝!

맹세코 누군가에게 보이려고 했던 것은 아니다. 쉣!

뒤에서 소리가 들렸을 때, 심장이 멈추는 줄 알았다. 덜컥!

생각만 해도 오글거린다. 나이 사십 넘은 놈이 그런 오두방정이라니!

짝짝짝짝!

"와우! 정말 아름다운 응접실이에요!"

내 스케치북에 얼굴을 갖다 대고 꼼꼼히 살피더니, 내 얼굴을 빤히 보며 말했다. 나는 석고상처럼 굳어서 눈만 데굴거리고 있었다.

"당신은 정말 적응이 빠르네요. 뭐 그만큼 노력을 했으니, 당연한 결과겠지만."

내 옆에 서서 아까의 나와 같은 포즈로 그림을 감상했다. 혹시 놀리는 건가?

그녀의 손이 그림을 따라 움직인다.

"가구 터치에서는 라인이 잘 살아 있고, 벽체에서는 몰딩 라인이 두드러져요. 그리고 뭐니 뭐니 해도 백미는 샹들리에네요. 디테일이 정밀해요. 그리고 꽃의 수술처럼 말려 올라간

곳에서는 속도감까지 느껴지네요. 정말 대단한 발전이에요."

그녀는 진지한 목소리로 내 그림에 대한 감평을 했지만, 내 귀에는 아무것도 들리지 않았다.

"그리고……."

그리고 뭐! 제발 봤다고만 말하지 마!

"40대 아저씨 같았지만 귀여운 포즈였어요. 풋!"

눈치 없이 쾌활한 그녀는 마지막의 웃음을 숨기지 않았다. 너무 어색하게 굳어 있는 내 모습에 참고 있었던 웃음이 터져 나온 것 같다.

몰아지경에 빠져 있던 내 잘못이다. 이런 추태를 보이다니.

돌아보지도 않고 그녀에게 물었다. 사실 지금 당장 얼굴을 볼 자신이 없었다.

"어디서부터……."

제발 그것만 봤다고 말해주기를…….

"눈 감았을 때?"

분명히 정윤은 실눈을 뜨고 웃으며 고개를 갸웃거리고 있을 것이다. 안 봐도 훤하다.

그럼 내가 눈감고 이것저것 만지고 쓰다듬는, 일인 팬터마임을 다 봤다는 거 아냐! 생쑈를 한다고 생각했겠네.

"너무 진지해 보여서 몰입을 깨고 싶지 않았어요. 미안해요."

'미안하면 끝까지 모른 척했어야지, 이것아!'

"하지만 도저히, 도저히 눈을 뗄 수가 없었어요."

이런 상황에 익숙하지 않았던 나는-익숙할 사람이 있기는 할까?-아직 돌아서지 못했다.

'아! 쪽팔려 죽을 것 같아.'

죄지은 것도 아닌데, 지금의 쪽팔림을 감당할 자신이 없었다.

혼자 마임하고, 홀로 웃고, 외롭게 함성 지르며, 거기다 포즈까지. 이건 뭐!

해결책을 찾았다. 정윤에게 말했다.

"저 화장실 좀……."

그리고 좁은 미술실을 정윤에게서 등 돌린 채 빙 돌아서 문을 열었다. 그녀의 목소리가 들린다.

"낼 봬요. 풋!"

젠장, 딱 걸렸다. 그대로 집으로 도망쳤다. 쉣! 쉣! 쉣! 아! 쪽팔려!

다음 날.

띠리리리!

정윤이었다. 갈까 말까 망설이던 차였다.

'아무것도 아니다. 아무 일도 없었다. 과거는 무의미하다'

를 외치며, 마음속의 심마를 몰아냈다.

'어차피 스케치북 가지러 갈 거잖아. 그건 걸작이라고. 회수해야지.'

갖은 핑계로 내 발길을 미술 학원으로 몰던 중이었다.

'그래! 쪽팔린다고 죽은 사람 못 봤어.'

심호흡을 한 번 하고 전화를 받았다.

"네, 선생님!"

-저 커피 먹고 싶어요. 라떼.

"커피점에 들러서 카페 라떼를 사오라고요?"

이 여자가 내가 심부름꾼으로 보이나! 커피 전문점까지 30분이나 걸린다고!

-저 어제 뭘 보긴 본 거 같은데 기억이 잘…… 뭐였…….

"OK. 거기까지. 아무것도 못 보신 겁니다."

-네!

수화기 건너편의 그녀가 웃었다.

"콜! 하늘땅 별 땅!"

유치뽕짝한 대사가 절로 나왔다.

"더블로 사갈까요? 아뇨, 아예 두 개로 사갈게요."

이런 배려심 있는 아가씨 같으니라고!

이미 보인 거 그게 무슨 소용이냐고? 내 말이. 이미 보인 거야 어쩔 수 없는 과거고. 중요한 건 그걸로 놀리는 게 두려운 거지. 나 그렇게 소심한 사람 아니라고. 약속까지 했으니 놀리지는 않겠지.

'어차피 갈 생각이었어. 하루라도 그림을 그리지 않으면 손바닥에 비늘이 돋는다고.'

학기가 끝났다. 방학이다.

그리고 나는 지금 김포공항에 와 있다. 북적이는 사람들로 부산스럽다.

"성훈아, 해외여행 아무것도 아니야. 긴장하지 마. 알았지."

'이 양반아. 그동안의 마일리지만 가지고도 미국을 열 번은 간다네.'라는 말을 하고 싶었지만, 내 여권은 깨끗했다.

한 교수가 나를 걱정하는 것도 당연했다. 지금 우리는 베를린 박람회를 보러 가는 중이다.

"OK! 문제없습니다."

꼬질꼬질한 김포공항을 보니 인천공항이 그리웠다.

왜 인천공항으로 안 갔냐고? 열심히 짓고 있다.

내후년에나 오픈한다. 불편하다. 환승을 하고 가야 한다는 것이. 하지만 어쩔 수가 없다. 그런 시대니까.

건물들이 점점 작아진다. 저 멀리 아래로 한강이 지나가고, 그 옆에 63빌딩이 장난감처럼 보인다.

"성훈아, 내 노트 읽어 봤니?"

창밖을 보며 상념에 잠겨 있던 내게 한 교수가 말을 건넨다.

"예! 잘 정리되어 있던데요."

한 교수는 씁쓸하게 웃었다. 왜일까?

"내가 한국에 돌아오기 전에 그걸 다시 읽어봤었다."

무슨 말을 하려는 것일까?

내가 보기엔 그처럼 잘 정리된, 그리고 그 당시의 감상이 잘 녹아든 건축 여행기를 보지 못한 것 같은데.

"지금 보니 서양 건축의 껍데기만 남아 있더라. 건축물을 보되, 사람은 만나보지 못했어. 그저 서양 건축물의 묘사집일 따름이지."

그는 부끄러워했다. 얼굴에 웃음을 띠었지만. 그것은 민망함의 웃음이다. 제자에게 보이지 않고 싶은 모습을 보인 것처럼 말이다.

그 노트는 10년 전의 한 교수 자신이었던 것이다.

누구나 과거의 자신은 부끄럽다. 경험이 없어 생각이 얕았고, 임기응변이 약했다고 생각한다. 나도 마찬가지다.

내 과거사를 비망록으로 만든다면, 그건 당장 쓰레기통으로 들어갈 것이다. 악취가 풀풀 풍길 테니까.

적어도 한 교수는 그런 자신을 인정할 줄 아는 지성인이었다. 나는 과연 그럴 수 있을까?

질투가 났다. 나처럼 다시 태어나지 않았음에도 저리 솔직 담백하고, 자신의 삶에 당당한 모습이라니.

"너는 그러지 마라. 그 안의, 건축물에 포함되어 있는 디자이너의 의지, 인테리어와 가구들의 섬세함, 지형과의 조화. 말하자면 끝이 없어, 건축물 그 자체의 모든 것을 네 것으로 소화시키고 와라."

나는 그의 말에 꾹 다문 웃음과 고개 끄덕임으로 화답했다.

시차적응을 위해 잠을 자야 할 시간이다. 내가 보지 못한 15년 전의 독일은 어떤 모습일까?

거친 억양이지만, 친절한 내용의 독일어가 흘러나온다. 기장의 목소리 같다.

[이제 곧 베를린 공항에 착륙할 예정입니다. 전자기기들의 전원을 꺼주시고…… 감사합니다.]

비행기가 동체를 기우뚱하며 착륙할 자리를 가늠하고 있다.

어두운 창밖으로 조명으로 수놓인 도시가 보인다. 나지막한 주택들 사이사이 아파트들이 보인다.

"성훈아, 저게 베를린 TV 타워야. 그리고 저기 조명 비춘 건물 있지. 저기가 도이쳐 분데슈타크(독일 연방 의외 의사당)야. 시간이 되면 꼭 한 번 가봐라. 그리고……."

한 교수의 설명이 이어진다.

뮌헨이나 몇몇 도시를 가보기는 했지만. 베를린은 나도 처음이었다.

"와! 대단하네요."

"그렇지? 독일의 역사 중에서도 베를린만큼 사연이 많은 도시도 별로 없지."

베를린은 독일 통일의 시발점이 된 도시다.

30년 동안 동과 서를 나누며, 냉전시대를 상징하던 베를린 장벽이 하루아침에 무너지면서 지금의 독일을 만들었다.

사연이 많은 만큼 다양한 문화가 공존한다.

중세 건축과 현대 건축이 함께 공존하고 있는 도시. 이곳은 베를린이었다.

비행기에서 내렸다.

거친 악센트의 독일 말이 스피커에서 흘러나온다.

"입국하신 승객께서는 개찰구로 나와 주시기 바랍니다."

베를린 공항을 나오며 둘 다 크게 숨을 들이쉬었다.

"성훈아, 고생했다."

"교수님도 수고하셨습니다."

달리는 건 비행기가 다 했지만, 한 자리에 앉아 있는 것도 고역이었다.

김포에서 뮌헨까지 12시간, 뮌헨에서 3시간을 기다려서 베를린까지 2시간, 총 14시간을 비행기에만 앉아 있었다.

그보다도 더 고역인 것은 우리 옆자리에 아기와 엄마가 타고 있었다. 두 살배기 아기. 정말 돌아버리는 줄 알았다.

나는 이성적인 사람이다. 제일 싫어하는 사람은 말이 안 통하는 사람이다. 우는 아기에게는 말이 통하지 않았다.

나에게는 절대 강적! 말로도 어찌 할 수 없고, 실력으로 어찌할 수 없다. 내가 유일하게 갑질을 못 하는 존재!

아기 엄마는 연신 미안하다고 했지만, 뭐라고 할 수도 없잖은가!

오히려 측은했다. 나도 그런 적이 있거든. 비행기 탈 때는 아기 데리고 타는 거 아니다.

좀 심하게 말하면…… 고막을 뜯어버리고 싶었다. 아기를 어찌할 수는 없으니.

시차적응을 위해 잠을 자려고 했던 계획은 처참하게 부서졌고, 우리는 12시간을 잠 한숨 못자고 달려왔다.

지옥의 12시간.

서로에게 수고했다고 격려할 만했다.

김포에서 오후 한 시에 출발했는데, 베를린에 도착하니 밤 10시였다.

17시간을 왔는데 왜 그 시간이냐고? 시차다. 계산하기 귀찮다. 머리 아프다. 머리가 웅웅 울린다. 만사가 귀찮다.

"밤이기에 망정이지 낮에 도착했으면 쓰러질 뻔했습니다. 안 그래요."

"성훈아, 너도 애는 낳지 마라. 죽고 싶더라."

어쩌냐. 이미 낳아봐서 전혀 위로가 안 되는걸!

다음에는 딸 말고 아들을 낳고 싶다. 딸내미 아무 소용없다. 머리 크면 아빠 편 절대 안 든다.

서로 얘기를 나누는 동안 심사대에 도착했고, 우리는 최대한 빨리 토할 것 같은 공항을 빠져나왔다.

"오, 한!"

피켓을 들고 있던 반백의 중년인이 한 교수를 맞이했다.

"인사해. 베를린대학에서 건축을 가르치고 있는 마이어 교수. 이쪽은 김. 김성훈이야."

한 교수가 익숙하게 둘을 소개했다. 나이가 꽤 차이가 남에도 둘은 격의가 없었다. 악수를 하며 인사를 나눴다.

"이 친구가 날 도와줄 그 친구야?"

마이어 교수는 친해지기 좋은 사람이었다. 독일인은 무뚝뚝하다는 편견을 깨는 쾌활한 사람이었다.

하지만 나는 그 쾌활함에 동참할 수 없었다. 돕긴 뭘 도와? 그의 말에 깬다는 듯이 한 교수를 쳐다봤다.

'무슨 말을 한 것이냐. 이놈의 교수님아!'

안에서 새는 바가지 밖에서도 샌다고 욕할 수 없어서 그냥 바라만 봤다. 아무리 내 바가지지만 남 앞에서 깰 수는 없잖는가?

마이어가 그런 말을 할 줄은 몰랐는지, 한 교수가 더 당황했다.

마이어가 말했다.

"말하면 안 되는 거야?"

"당연하지. 말했으면 이놈이 안 오지."

대체 무슨 말이기에, 내가 들으면 안 온다는 말인가? 교수가 제시한 시간상으로 보면 3D는 아닌데?

한 교수가 내 상념을 끊었다.

"별거 아냐. 네 수준에서는 껌이야. 껌!"

언제 또 껌이란 말을 배운 거냐! 나보다 한국어 습득 능력은 더 빠르다. 욕을 안 배운 게 천만다행이지.

난 따지려고 했다. 어차피 속아서 끌려왔고, 뭔지는 알아야 할 것 아닌가?

그 틈을 쾌활한 독일인 마이어가 끼어들었다.

“한. 그런데 껌이 무슨 의미야?”

한 교수는 평소 같지 않게, 아주 상세하고 친절하게 설명했다. 껌이 껌이지. 무슨 설명을…….

분명히 내가 말을 못 하게 하려고 일부러 길게 설명하는 거다. 속이 다 보이거든!

그냥 아까처럼 ‘별거 아냐!’ 이렇게 설명하면 될 것을 아직도 설명하는 걸 보면 누구라도 알 것 아닌가?

내가 독일어를 몰랐으면 분명히 독일어로 딴 소리를 지껄였을 거다.

‘나 아무래도 배경을 잘못 선택한 것 같아. 전생의 한 교수는 근엄했었는데…….’

공항을 빠져나와 시내로 들어가고 있다.

마이어가 말했다.

“여기가 브란덴베르크 문(Brandenberger Tor)이야. 독일인들에게는 유서 깊은 곳이지. 통일이 될 때, 여기 모여서 축제를 벌였었거든. 그리고 저 꼭대기 동상 있지? 저건 나폴레옹이 훔쳐 간 걸 다시 되찾아 온 거야. 하하.”

한국과는 전혀 다른 풍경이 펼쳐지고 있다. 냉전의 소용돌이 한가운데서도 자리를 지키고 있는 건축물들.

한 교수가 말했다.

"아마 수천 년이 지나고 인류에게 남아 있는 건, 저 돌덩이들뿐일 거야."

마이어가 말을 받았다.

"암. 피라미드도 스핑크스도, 모두 돌덩이지. 이걸 남기는 거야말로 건축가의 사명이지."

언어는 사라지고, 의복도 먼지가 되어 날리며, 역사는 왜곡된다.

아이러니하게도 수천 년 동안 살아남는 것은 끈질긴 생명도, 찬란한 문화도, 고매한 정신도 아니다.

무채색의 돌덩이와 그 안에 새겨진 것들이다.

한 교수가 함성을 질렀다.

"오우! 호텔이다."

오바하기는! 귀여워서 봐준다. 죽으라고 하지는 않겠지!

내가 아는 한 교수는, 적어도 내게 해를 끼칠 사람은 아니었다. 그러나 사람을 아주 귀찮게는 한다.

그럼에도 밉지 않은 이유가 있다면, 그 보상 또한 확실한 사람이다.

그리고 그 보상은 굳이 말하지 않아도 챙겨준다.

저번에 투시도 비용으로 받은 900만 원을 몽땅 챙겨준 것이 그 단적인 예다.

알고 하는 건지, 천성이 그런 건지 모르겠지만.

우리는 바로 호텔 아래의 바로 내려갔다.

독일하면 맥주! 굳이 브랜드를 가릴 필요도 없다. 한국의 닝닝한 맥주와는 차원이 다르다. 크아!

“역시 이 맛이야. 건배!”

셋이 동시에 외치며, 잔을 비웠다. 맥주 특유의 향이 코를 자극하고 탄산이 목을 간지럽힌다.

황금빛 액체가 시원하게 목을 타고 흘러 내려가면, ‘크윽!’ 하고 트림이 나온다. 더 설명이 필요할까!

이 독일인 같지 않은 독일인은 축구광이기도 하지만, 건축광이다. 그리고 한 교수과다.

다른 점이 있다면–여기서는 또 독일인답네. 평범하지 않아!–상상력이 풍부한데, 아주 정확하다는 것.

한 교수는 얼렁뚱땅 시작해도 마무리를 잘하고, 마이어는 처음부터 마무리를 생각하고 상상력을 퍼뜨린다는 것.

서로 앞뒤가 바뀌었는데도 통하는 것은 비슷했고 건축 쪽의 흥미도 비슷했다. 묘한 인종들끼리 잘 어울린다.

그래서인지 쿵짝이 기가 막히게 잘 맞는다. 한 교수가 자랑을 시작했다.

“마이어, 당신, 양동마을 가봤어?”

그러더니 품에서 사진을 뒤적뒤적 꺼낸다. 저건 또 언제 가져온 거냐? 챙기는 것도 못 봤는데.

지금 보니 자랑하려고 가져온 거네. 저 마이어란 인간한테! 어쩐지 양동마을에서 미친 듯이 찍어 대더라.

그리고 대부분의 사진에는 한 교수가 V 포즈를 잡고 있다. 으스대면서. 그 사진의 관객은 마이어였던 모양이다.

마이어가 양동마을을 알 리가 없다. 하지만 사진을 보고는 눈이 휘둥그레진다.

"진짜 이런 집이 있어? 오! 완전 콤팩트한데. 여기서 사람이 산다고?"

이어지는 의문문을 한 교수가 거드름을 피우며 대답한다.

"그러엄. 내가 직접 보고 왔어. 그 풍수지리학적으로 좋은 땅에다가. 그……."

나를 돌아보며 물었다. 손가락으로 한문을 그렸다. 그리는 수준이다. 알아보는 내가 용하지!

"성훈, 이게 무슨 글자지?"

"물(勿)."

뭐처럼 말해도 기가 막히게 알아들으니, 한 교수의 어깨가 쑥쑥 올라간다. 지식인들의 과시욕이란 앎에서 시작된다.

"그래, '물'자로 만들어서 말이야. 어쩌고저쩌고…… 일제 강점기가 어쩌고저쩌고……."

한 교수는 열심히 썰을 풀고 있다. 양동마을에 대해 자신이 알고 있는 모든 것을 자랑한다.

중간중간에 사실과 다른 것도 더러 있다. 아직은 전문가가 아니니 모든 것을 이해할 수는 없겠지. 굳이 지적해 주지 않는다. 지금은 알려줘도 모르고 몰라도 재밌다. 그리고 신기하다.

이게 저 둘이 한국의 전통 건축을 대하는 방식이다. 그들에게는 판타지였다. 한 교수에겐 좀 더 구체화된 판타지고, 마이어에겐 침을 질질 흘릴 새로운 판타지라는 차이가 있을 뿐이다.

지금도 침을 질질 흘리면서 보고 있다. 당장 내일이라도 갈 것처럼 말이다.

'잘 봐둬, 이 양반들아. 그게 2010년에 유네스코에 등재돼! 그만큼 유서 깊은 곳이야.'

안동 하회마을도 같이 등재가 된다. 그러나 하회마을은 알려진 만큼 아는 지식이 있지만, 양동마을은 생짜로 환상이었다.

남들보다 먼저 알게 된다는 것은 그만큼 앞서 나간다는 것을 의미한다.

아이들처럼 좋아하는 이 둘을 보면서 나는 흐뭇하게 미소 짓고 있었다.

마치 아들들을 바라보는 아버지의 눈빛이랄까. 참, 내가 나이가 있기는 하구만.

그들의 대화에 주섬주섬 끼어들면서 함께했다.

참! 마이어, 마이어 하다 보니까, 생각이 났다.

풀 네임이 '리건 마이어'였다. 이 양반도 한 10년 뒤에는 '대가'라는 소리를 듣는다.

동양의 사상을 재해석한 설계로, 독일의 혁신적인 건축을 주도했다는 이야기를 들었다.

이 양반도 일각에서는 천재라고 소문이 났지만, 그 두각을 드러내는 것은 베를린 박람회 이후라고 알고 있다. 이전 삶의 이 시절에는 별로 해외에 관심이 없었고, 솔직히 건축 동향에 대해서도 무관심했었다.

베를린 박람회 이후라는 것도, 바로 직후인지 아니면 한참 후인지도 기억은 나지 않는다. 그저 친구들끼리 농담을 하면서 '이건 말이여. 리건 마이어! 비슷하지 않냐?' 하면서 웃었던 기억이 있기 때문이다. 이때의 나의 관심은 여자와 술이었었다.

'참, 끼리끼리 노는구만. 이런 사람들이 진짜 천재지. 저렇게 즐기면서 좋아하는데 어떻게 따라가.'

마음 한쪽 구석에는 씁쓸한 마음이랄까. 나는 되돌아와서도 이들을 못 따라가는 것인가? 하는 마음 말이다.

하지만 한구석으로 밀어버렸다. 나는 이들과 다른 강점이 있을 것이다. 애초에 기죽을 필요 없다. 이런 천재가 있으면 저런 천재도 있고, 태어나는 천재가 있으면 만들어지는 천재도 있다.

둘의 대화를 듣고 있으면 보이는 것이 있다. 그게 뭐냐?

유럽과 미국 쪽의 건축인들이 한국의 전통 건축을 바라보는 시선이다. 아무것도 아닌 것 같은가!

그럼 하수를 벗어나지 못하는 거다. 나는 저 서양의 지식인들에게 뭘 팔아야 할지가 보였다.

'저들이 궁금해하는 것을 조금씩 조금씩 감질나게 풀어주면 되는 것이지.'

가격은 공급과 수요가 결정한다. 다이아몬드가 왜 비싼가? 그만한 값어치를 하기 때문인가?

아기 주먹만 한 수백억짜리 다이아몬드가 수억 명의 아프리카 빈민을 한순간이라도 배부르게 할 수 있는가?

이유는 단지 하나! 귀하기 때문이다. 허영심이라는 수요에 비해 공급이 터무니없이 적기 때문이다.

다이아몬드 광산에서 채취되는 양이 적기 때문일까? 나는 그렇게 생각하지 않는다.

일부러 높은 가격대를 형성하게끔 조절하는 사람, 혹은 조직이 있다.

열 개를 팔아서 천억을 남기는 것과 백 개를 팔아서 천억을 남기는 것.

어느 쪽이 이득일까?

나는 한국인이고 전통에 대해 그들보다 잘 알기 때문에 공급자가 될 기본 자격을 갖췄다.

사용하는 사람이 만드는 사람보다 제품의 기능을 더 잘 안다는 것은 어불성설이다. 단적인 예가 한 교수다.

전통 건축과 사찰을 갈 때 한 교수의 자세는 학생이다. 어떻게든 나에게서 한 단어라도 더 뽑아내려고 눈에 불을 켠다. 자신보다 한참 어린 나를 동생이나 제자 대하듯 무시하지 않는다. 애초에 그런 적도 없었지만.

이들은 내 미래의 고객들이다, 아니, 대한민국의 미래 고객들이다.

'전통을 감히 팔 거리로 생각하다니!' 하면서 입에 거품을 물 건축인 들과 전통 관련자들도 있겠지.

그들의 아집을 깨뜨려야 한다. 그래야 열강의 틈바구니에서 살아남는다.

세계인들이 다 알고 아끼는 문화재가 있는 나라에서 전쟁을 한다? 미친 소리다. 수많은 나라에게 돌 맞을 소리다. 자국의 작은 이득을 위해서 인류의 문화유산을 훼손하는 것은 절대로 용서를 할 수 없는 행위가 될 것이다.

미국의 오바마가 한국의 절과 석탑이라면 환장을 하게 좋아한다고 하자. 그런데 한국에서 전쟁이 벌어진다?

감히…… 나는 상상할 수 없다. 내가 오바마면…… 절대! 절대로 좌시하지 않는다.

무엇보다도 지금은 IMF가 터진 지 일 년도 안 지났다. 나라를 팔아서라도 국민들을 먹여 살려야 하는데, 무슨!

'지금 나는 저들의 열정 가득한 대화를 돈으로 보고 있다. 난 너무 속물인 건가?'

아니다. 시간이 흐르면 모든 것이 상품이 된다.

잘 팔리고 못 팔리고는 얼마나 잘 포장하고 기대감을 높여서 고객을 즐겁게 하느냐의 차이가 결정할 뿐이다.

"킴, 이것 좀 설명해 봐봐!"

마이어였다. 한 교수가 바로 맞받아친다.

"내가 한 말이 맞다니까!"

"한! 이 구라꾼아. 아까도 킴 말을 들어보니까, 삼분기 일은 네놈 상상이더구만. 내가 폰(Pawn)으로 보이냐. 엉?"

'폰'은 체스의 '졸(卒)'이다. 내가 졸로 보이냐는 말이지. 독일인치고는 언어 구사가 상당히 화려한 사람이었다.

뭐. '구라꾼'이라는 말은 독일어에서 입에 담지 못할 강력

한 거짓말쟁이라는 의미라 적당히 의역을 했다.

그 정도로 흥이 있고, 말이 거친 독일인이다.

둘의 대화는 물 흐르듯 흘러간다. 건축은 종합예술이라는 것을 증명이라도 하듯, 동서양을 망라한 전통과 미술에서 조각을 거쳐 건축 구조와 인테리어, 가구를 지나 예술 전반을 아우른다. 아는 것이 많은 만큼 이견도 많다.

둘의 대화—저 의견 충돌과 투닥거림을 대화라고 한다면 말이다—는 새벽 4시가 되어서야 끝이 났다.

독일로 오기 전에 한 교수가 말했었다.

"내가 독일 구경시켜 줄게. 나 거기 '통'이야!"

둘을 업다시피 객실로 데려와 눕히고는 나도 기절하듯 엎어졌다.

"텄네. 텄어! 구경은 무슨……."

아! 정말 피곤한 하루였다. 지옥의 12시간!

7장
마이어의 고민

당연히 다음 날 하루의 휴식은 잠으로 채워졌다. 구경?

'염병! 시차에 숙취에 죽는 줄 알았구만. 윽. 아직도 어지럽다.'

아까운 인생의 한 페이지가 잠과 술로 인해 날아가 버렸다.

한 교수가 그렇게 술꾼일 줄이야. 소주는 젬병이더니, 맥주는 아주 들이붓는다.

어제, 아니, 오늘 새벽에 우리끼리 10리터짜리 오크통을 비웠다. 안주는 소시지 하나로.

이제 술 이야기는 그만!

골이 웅웅 울린다. 오늘은 박람회 사흘 전이다.

왜 이렇게 아직 시간이 남아 있느냐? 내가 확인하지 않았기 때문이다. 한 교수를 너무 신뢰했다.

어제 차 안에서 한 이야기를 분석해 보면 처음의 티켓은 박람회 기간이 맞았다. 그건 확인했었다.

그리고 이후에 티켓의 날짜가 바뀐 것으로 보아, 중간고사 이후에 한 교수가 뭔가 장난을 친 것이다.

그러고도 뻔뻔스럽게 그 기간 동안 독일 구경을 시켜준다고 했었다. 뭐. 그것도 물 건너가 버렸지만.

하지만 나는 그 정도로 화를 낼 옹졸한 인간이 아니다.

'살아온 세월이 얼만데 그 정도로 일희일비해서야! 정해진 수명 못 다하고 화병으로 죽는다고. 릴렉스. 릴렉스.'

이번 생은 제 명대로. 나름의 소망이다.

참, 지금 시간은 밤 10시!

두 천재가 한 시간 전에 일어났다. 이제 시차 따위는 상관없다.

그리고 이 시간에 뭐 하냐고? 베를린 대학으로 가는 중이다.

"보여줄 게 있어."

다짜고짜 따라오라며 차에 태운 마이어의 말이다.

마이어의 사무실은 불이 꺼져 있었다.

'마이어도 박람회에 뭐 제출한다더니, 이렇게 농땡이 피워도 돼?'

이런 내 맘을 알기라도 하는지 마이어가 말했다.

"우리 기술자들은 시간관념이 확실하거든!"

안 물어 봤거든. 이 초빵이야!

"일단 이것부터 봐줘."

마이어가 화면에 띄운 것은 내가 익숙하게 아는 투시도였다.

건물은 처음 보는 것이었다. 마이어가 설계한 건물인 것 같다.

건물이라기보다는 계획 단지였다. 마이어가 생각하는 개념을 집어넣어 구체화시킨 작은 도시였다. 도면과 비교하니 아직 50% 정도나 완성이 되었을까? 아직 빈 부분이 많았다. 그런데 엇!

"이건 뭐죠, 마이어?"

'소프트이미지'라는 3D 프로그램이었다. 실행창 상단에 그렇게 쓰여 있으니 알아보는 것은 쉬웠다.

나중에 3D 분야를 주름잡는 프로그램이라고 하면 3D 맥스, 소프트이미지, 마야, 이렇게 3개 정도가 주류를 형성한다.

초반에는 소프트 이미지가 초강세를 띤다. 어쩌면 가장 선발 주자이니 당연한 노릇이라고 하겠다.

우리나라에서는 맥스와 마야가 주류를 이룬다. 그래서 나는 소프트이미지를 잘 알지 못한다. 영화 쪽에서 많이 쓰인다는 것 정도? 그리고…… 가격대도 2,000만 원대다. 300만 원인 맥스에 비하면 아주 고가의 제품이었다.

세 프로그램 간의 각각의 장단점은 확실하다. 어느 것이 가장 좋다라고 하는 것은 사용자의 취향일 뿐, 나도 맥스가 편해서 주로 사용했던 것이다. 그리고 건축 쪽에 가장 특화되어 있다. 만약 영화 쪽으로 종사를 했었다면 마야나 스프트이미지를 주력으로 삼았을 것이다.

'마이어가 만들려고 하는 것은 건물이다. 그런데 왜 소프트이미지를 사용했을까? 강점은 애니메이션과 렌더링 정도일 텐데.'

의문이 생겼다. 그리고 프로그램에 대한 호기심도 생겼다. 어떤 프로그램이기에 2,000만 원씩이나 하는 것일까?

"마이어, 내가 만져 봐도 돼요?"

마이어가 반색했다.

"그럴 수 있겠어?"

오히려 반기는 느낌이다. 기다렸다는 듯이 의자를 내밀었다. 하는 모양이 수상쩍다.

하지만 그에 대한 의문보다 호기심이 앞섰다. 그리고 못 하면 못 한다고 하면 그만이다.

툴의 사용은 거기서 거기다. 사용상의 차이점과 표기된 단어의 차이가 있을 뿐이다.

달리기할 때, '뛰어!', '달려!' 뭐 이 정도의 차이가 되는 것이니.

그마저도 경쟁 프로그램과 다르게 보이기 위해 사용하는 낱말이니 큰 의미를 둘 이유는 없었다.

물론 매우 전문적인 영역으로 들어간다면 이야기가 다르겠지만.

'전문가의 솜씨가 맞네. 다만 영화계 쪽에서 많이 일한 느낌이네.'

왜 나는 이런 확신을 가졌을까?

건축은…… 이런 말은 좀 그렇지만 노출 콘크리트의 디테일을 볼 필요가 없다. 어떤 건축주도 콘크리트의 밀도가 제대로 나왔는지 확인하는 사람이 없다는 것이다.

사람의 모공을 표현하는 것은 영화에서나 하는 것이다. 이 작품은 그런 디테일이 많이 살아 있었다. 영화 쪽에서는 각광받을 실력임이 분명하나 건축에서는 뻘짓 하는 것이다.

한국에서 이런 작품을 만들어 놓으면 쓰레기 취급을 받는다. 용량은 많이 먹고 렌더링은 느리고 가격만 비싸다. 결국 눈에는 보이지도 않을 것이라면서 말이다.

'디테일이 강한 일본이나 다른 나라에서는 각광받겠네. 대단한 실력이라고!'

나도 실력만 보고는 박수를 쳐주고 싶었다. 물론 나도 만들 줄은 안다!

"잘 만들었네요."

"그렇지. 당연히 세계 최고의 기술자들을 불렀는데……."

하지만 칭찬을 해주면서도 짜증이 났다. 솔직히 이 작품은 마이어의 작품이다.

내 생각일 뿐이지만 마이어가 이런 질감의 디테일을 원했을 리가 없다. 절대로. 왜 이렇게 확신하냐고?

건축가들은 이런 디테일을 원하지 않는다.

가우디의 '파밀리에 성당' 정도 되는 건물이라면 목숨 걸고 디테일을 원하겠지만 마이어의 작품은 다른 스타일이다.

이 작품을 만든 사람은 실력자지만 마이어의 작품이 아니라 자신의 작품을 만들었다. 지극히 자기중심의. 이런 사람은 남의 돈을 받으며 일할 자격이 없다. 고객이 원하는 것은 하지 않고, 자신이 원하는 것을 했으니 말이다.

마이어가 이것을 영화제에 출품하려고 만들지는 않았을 것이다. 그럼에도 그 실력만큼은 인정한다.

"그런데 마이어, 뭔가 맘에 안 드는 게 있는 거죠?"

"그게 말이야. 시간이 많이 걸린다고 하더라고. 렌더링인지 뭔지를 하는데 말이지."

당연하지! 이 양반아. 시간이 많이 걸릴 수밖에. 저렇게 디테일하게 만들었는데. 장인의 기운이 느껴질 정도거든!

마이어의 말을 들으면서 그의 문제점을 알 수 있었다.

이 프로그램을 모른다는 것.

하긴 거의 대부분이 그럴 것이다. 아직 3D라는 분야는 지극히 전문가의 영역이다.

그 전문가의 벽은 두꺼워서 20년 후에도 존재한다.

뭐 일부러 벽을 만드는 것이 아니라 그만큼의 실력 차가 존재한다는 것이다.

프로와 아마 사이에는.

마이어에게 물었다.

"이거 언제 시작한 거예요?"

"한 일주일쯤 되었지."

"이제 사흘 남은 거구요?"

마이어가 고개를 끄덕였다.

도면을 보니, 모델링이 반밖에 안 끝나 있었다. 이 상태로 가다가는 마감에 맞출 가능성이 없어 보였다.

내 짐작이 확실할 것이다. 마이어는 소프트이미지라는 프로그램에 대해서 모른다.

그저 전문가이니 전문가의 말을 따르는 것에 불과할 것이다.

물어보지 않았다. 괜히 분란만 일으킬 게 뻔했고 마음의 상처만 줄 것 같았다.

한 교수가 부연 설명을 했다.

"실은 이것 때문에 먼저 온 거야. 저번에 통화를 하다가 네가 만든 작품을 마이어에게 보여줬거든. 메일로."

그것은 한 교수의 작품이기도 하니 그럴 자격이 있다. 그리고 한 교수는 자랑하는 것 참 좋아한다. 그 대상이 마이어라면 더더욱 말이다.

"그랬더니 마이어가 며칠 좀 빨리 와주면 안 되냐고 하더라고."

한 교수가 멋쩍은 듯이 눈썹을 으쓱인다. 저 눈빛 속에 담긴 의미는 '이제 어차피 할 일도 없잖아?'였다.

가끔 한 교수는 말도 못 하게 미울 때가 있다. 이럴 때 말이다. 미션임파서블을 던져 놓고 '해봐' 할 때!

한 교수의 구상 자체가 임파서블이다. 그런데 문제는 내가 100% 걸려든다는 거다.

지금 내 뇌리에는 이런 생각이 차오른다. 도전할 거리가 있으면 그냥 못 지나간다.

'한번 해봐? 재밌겠는데. 어차피 할 일도 없잖아!'

나는 개인적으로 저 소탈한 독일인이 참 좋다. 훗날의 유명세를 떠나서라도 마음에 들었다.

"일단 지금 작업하시는 전문가들이 오시면 협의를 해

보죠."

다른 사람의 작품을 허락 없이 건드리는 것은 상도의에 어긋나는 짓이고, 작품에 대한 예의가 아니다.

그것과 상관없이 나는 이미 작업을 시작했다.

아까 말한 협의란 것은 구성에 대한 이야기가 될 것이다. 마이어와 협의를 하며 어떤 식으로 카메라 동선을 돌릴 것인지 협의가 나왔을 것이다. 나는 내가 잘하는 것을 하면 된다. 건축물 올리기!

과연 사흘 만에 끝낼 수 있을 것인가? 전문가들도 일주일 동안 했는데도 반밖에 못 한 것을?

'할 수 있으니까 시작했지. 그리고 시작하면 끝을 본다고. 나 김성훈이야!'

나는 나름 자신했다. 왜냐고? 잠 좀 줄이면 된다. 그럼 빠듯하게 시간 맞출 수 있다고 확신했다.

물론 확신의 근거는 경험이다. 20년의 내공으로 도면 보면 견적 나오고, 마감 시간까지 나온다.

때려죽여도 못 하는데 젊은 패기로 덤볐다가 욕이란 욕은 다 먹은 뒤로는 철저하게 시간 계산부터 하는 버릇이 생겼다.

난 마이어가 잘되기를 바랐다. 사돈이 땅 사면 배 아프지 않느냐고? 무슨 그런 웃긴 소리를!

그 사돈이 나하고 친하면 그 땅에 농사라도 짓게 해준다. 그리고 땅 사는 데 도움이라도 되었다고 해봐라. 입 싹 안 닦는다.

고로 사돈이 땅을 산다고 하면 가서 축하해 주고 도와줘야 한다. 그게 사람 사는 거다.

나도 솔직히 나중에 마이어 덕 좀 보고 싶었다. 유럽 건축계는 전통이 길다. 그리고 자부심이 강하다. 유색인종이 끼어드는 것 별로 좋아하지 않는다.

그때 마이어를 앞세우고 입장하면 된다. 마이어는 열쇠다!

그 열쇠가 만능이라면 더더욱 편하다. 그러므로 나는 마이어의 일을 도와줄 충분한 명분이 있고, 무엇보다 내가 즐거웠다.

'이건 돈 주고라도 해야 되는 일이야. 돈 주고도 못 배우는 거라고. 크흐흐.'

전생에서 이런 유능한 건축가와 일할 기회가 몇 번이나 있었을까? 단 한 번도 없었다. 그런데 지금은 내 앞에 있다.

'노하우는 배우는 게 아냐. 훔치는 거지. 왜냐고? 진정한 노하우는 가르쳐 주지 않는 법이거든.'

제 밥그릇을 남에게 넘기는 사람은 없다. 비장의 한 수는 숨겨 두게 마련이다.

그럼에도 훔칠 수 있는 이유는 그게 자연스럽게 배어서 흘러나오기 때문이다. 옆에 있지 않으면 절대로 훔칠 수 없다는 거지. 잘난 스승 밑에서 잘난 제자가 나오는 데는 이유가 있다.

유럽의 거장이 될 마이어의 노하우는 어떤 것일까. 벌써부터 군침이 질질 흐른다.

다음 날 아침.

의외의 전개였다.

마이어가 불러왔다는 전문가들은 일본인들이었다.

어제 마이어가 '쥬라기 공원'의 제작에도 참여한 실력자들이라고 해서 미국인일 거라 생각했었다. 지레짐작이었다.

실력이 있는 자들이라고는 생각했지만 일본인이라는 생각은 꿈에도 하지 못했었다.

"지금 우릴 무시하는 거요? 마이어 교수!"

왜 저렇게 화를 내는 것인가?

내가 나타나자 화를 내던 일본인도 흠칫 놀란 것 같았다. 같은 생각이겠지. 동양인일 거라고 생각은 못 했을 것이다.

마흔 정도 되어 보이는 남자가 대뜸 내게 물었다.

"중국인이오?"

"아니, 한국인이오!"

그의 인상이 찌그러졌다. 어이없다는 듯 뒤를 보며 일본어로 말했다.

아마도 이 남자는 영어에 능하고 다른 두 명은 아직 어눌한 것처럼 보였다. 그가 대화하고 뒤의 두 사람에게 통역을 해주는 느낌이랄까? 그 내용은 어처구니가 없었지만.

"야! 참. 한국이란다. 진짜 어이가 없구만."

조센징이라고 안 하는 것만도 다행이라고 해야 할까? 그가 돌아서서 말했다.

"3D를 다룬다고 들었소. 뭐로 다루시오?"

"맥스를 씁니다."

"맥스!"

또 돌아서서 일본어로 말한다.

"야, 맥스 따위를 쓰는 이런 애들이랑 일을 해야 하냐?"

건방지고 교만하다. 상대방을 깎아내림으로써 자신의 격을 높이는 것. 최하급이다.

그리고 외국 사람과 말하면서 자기네 나라말을 쓴다는 것.

눈앞에서 뒷담화를 하는 것과 다를 바가 아니다. 상대가 그 말을 못 알아듣는다는 전제가 있으면.

안타깝게도 나는 다 알아들었다. 한국인이 가장 쉽게 배우는 말이 일본어일 것이다. 일본인들은 그렇게 생각하지 않는 것 같지만! 실제로 일본인이 가장 배우기 쉬운 것도 한국어가 아닐까? 어순이 똑같거든. 단어만 외우면 끝.

중국어보다 영어보다 더 배우기 쉬운 일본어를 왜 한국인이 모른다고 생각하는 것일까?

내가 느낀 바로는 같은 한자 문화권이지만, 중국어는 완전 외국 말의 느낌이다. 성조 때문에 그렇지 않을까 생각이 든다.

반면, 일본어는 상당히 익숙한 발음들이 많았다. '신속 정확(迅速 正確)'을 일본어로 하면 'じんそく せいかく' 한국 발음으로 '진소쿠 세이카쿠' 정도로 읽을 수 있겠다. 유사한 부분이 많지 않나? 나만 그렇게 생각하나? 히라가나로만 된 단어라면 외우면 되고, 익숙한 한자들은 듣다 보면 상당 부분 우리 발음과 비슷한 부분이 있었다.

가만히 듣고 있었다.

여기서 욱하면 나도 저 우스운 촌극에 동참하는 꼴이 된다.

저쪽에서도 못 알아듣는다고 생각해서 맘대로 지껄였는데, 알아들었다는 것을 아는 순간 스스로 부끄러워질 것이고, 이후의 상황은 불을 보듯 뻔하다.

당황해서 이 상황을 모면하기 위해 말도 안 되는 억지 논리를 세우다가 결국 최악의 결과로 끝이 나게 된다.

민족 감정? 그것을 앞세우기에는 내가 너무 이성적이고 나이가 많다.

똑같은 놈이 되기에는 자존심이 너무 상한다.

순수한 25살 젊은이였다면 나도 아마 저 일본 놈들 죽이겠다고 팔뚝을 걷었을 것이다. 그러나 나는 그럴 수 없었다.

'그래, 비웃어라. 그 시간도 길지 않을 테니까.'

논리적으로 이성적으로 상대해 줄 가치가 없는 인간이다.

자신이 한 행동이 어떤 것인지 알게 되면 감히 내 앞에서는 얼굴도 들지 못하게 될 테니.

한 교수는 일본어를 모르니 궁금한 모양이다.

"성훈아, 쟤네들 뭐라는 거냐?"

분위기가 좋지 않은 것으로 보아 좋은 말이 아닌 것은 눈치를 챈 것이다.

비웃는 말은 어느 나라 말로 해도 안다. 그건 단어가 아니라 억양과 뉘앙스에서 나오는 거니까.

"별말 아니에요. 자기들끼리 일 이야기하는 거예요."

눈치 빠른 한 교수! 한마디로 정리했다.

"밟아버려!"

"옛썰!"

가운데 끼인 마이어가 안절부절못했다.

최고 전문가라며 돈을 주고 부른 일본인들은 자신을 불안하게 하고, 도움을 주러 온 나는 그들과 융화되지 못한다.

배가 점점 산으로 가는데, 선주가 불안하지 않을 리가 없었다.

이대로 일본인이 땡깡을 부려 버리면 돈은 둘째 치고 일

자체가 무산되어 버리는 것이다.

그 손해는 금액으로 계산되는 것이 아니다. 신용을 돈으로 살 수 있다면, 누가 약속을 두려워하겠는가!

내가 말했다.

"마이어, 일단 응접실로 가요. 그리고 이 사람들이랑 어디까지 계약이 된 거예요?"

마이어가 급히 계약서를 가지고 돌아왔다. 다행스럽게 독일어가 아니라 영어였다. 알아볼 수 있었다.

보통은 돈 주는 사람이 갑이다. 돈 받는 사람이 을이다. 그게 일반적인 갑을관계다.

지금 내가 들고 있는 계약서는 아주 급하게 날림으로 계약된 문서 한 장이다. 누가 갑인지 애매할 정도의 문서였다.

여태껏 내가 본 독일인의 계약서 중에 가장 허접했다. 마이어가 얼마나 급했는지 알 수 있었다.

'이런 허접한 독일인 같으니라고. 분명히 조상 중에 그리스 사람이 있을 거야.'

그동안 일본인들끼리 쑥덕거리더니 리더로 보이는 이가 말했다.

"이런 식으로 우리를 농락할 줄 몰랐소. 이 계약은 파기요!"

맨 처음 나와 말하던 남자였다. 이름은 소세키라고 했다.

소 새끼보다 못한 놈!

마이어의 볼살이 씰룩거린다. 좋은 말이 나올 리가 없다.

"이거 보쇼. 소세키! 당신네들이 원하는 대로 다 해줬고, 계약금도 미리 반이나 당겨주지 않았소! 그런데 뭐라고?"

"우린 계약 위반한 거 없으니까. 고소하든지."

하는 꼴을 보고 있자니 참 꼴이 우습게 돌아간다. 일에 대한 책임감 따위는 찾아볼 수 없다.

대충 봐도 견적 나온다.

'영화 쪽의 일을 하다 보니 건축은 아무것도 아니라고 생각했겠지.'

그런데 어라! 자기들이 하던 거랑 다르거든. 시간 내에 못 끝낼 것 같거든! 그래서 무슨 핑계를 댈까 고민하고 있었는데 내가 떡하니 끼어든 거다.

'이때다' 하고 도망칠 궁리하는 거지. 이해한다. 영화 일 하다 보면 건축 일이 우스워 보일 수도 있겠지. 니네라고 사정이 왜 없겠니!

이해는 하겠는데 설마 이대로 똥 싸질러 놓고 내빼라고? '마이어만 엿 먹어' 되겠네! 그런데 내가 그 꼴은 못 보지.

계약서를 테이블로 픽 밀어 놓으며, 소파에 풀썩 앉았다.

"이봐! 소세키! 당신들 사기꾼 아니야? 전문가는 지랄하고…… 애들 장난하는 것도 아니고!"

소세키가 얼굴이 벌게졌다. 소파에 기댄 나를 노려본다.

'한참 어린놈에게 사기꾼 소리를 들으니 기분 나쁘지! 나쁘라고 하는 소리야! 어쩔 건데?'

그를 올려다보며 내가 피식 웃었다.

"난 애초에 당신들이 전문가라는 게 의심스러웠어. 쥬라기 공원에서 뭘 맡은 거지? 혹시 공룡 똥 싸는 신이라도 만든 거야? 하긴 그것도 죽을 똥을 싸면서 만들었겠네."

"칙쇼! 말이면 다하는 건 줄 알아?"

벌게진 얼굴로 대번 덤벼들 듯이 몸을 들이민다. 그럼 나야 좋고. 기왕이면 가라데로 덤비라고!

오히려 나는 싱글싱글 웃었다.

"억울하면 실력으로 한판 붙자고! 그 잘난 주둥이 말고 말야."

예술가들은 자존심에 목숨을 거는 존재들이다. 저치들도 예술가이니!

부모 욕하는 건 참아도 자기 작품 욕하는 건 못 참는 게 이쪽 계통의 인종들이다.

'뭐, 딱 걸렸지!'

한 교수가 마이어에게 윙크를 날렸다. 마이어는 한 교수에게 고맙다는 눈인사를 했다. 그런 건 나한테 하라고!

끝까지 자기들이 다 하겠다는 소세키에게 절충안을 날

렸다.

“시간이 촉박하니까, 당신이 앞에서 해왔으니 나는 뒤에서 해 갈게요.”

“됐어. 우리가 다 할 테니, 당신은 빠져 있어!”

‘이 순진한 친구야. 지금 자존심 세울 때가 아니라고. 마이어 얼굴 하얘진 거 안 보여?’

“좋아요. 그럼 저런 쓰레기 계약서 말고 다시 씁니다. 정식으로. 100% 완성이 불가능할 시에는 계약금은 물론이고 손해배상까지 하는 것으로. 물론 그 손해배상에는 마이어의 정신적 피해보상도 포함됩니다.”

“큭, 그건…….”

소세키의 말문이 막혔다.

‘어때, 자신 있으면 콜 하라고. 그럼 쿨하게 빠져주지!’

정신적 피해보상! 진짜로 애매한 조항이다.

물론 어느 정도 기준은 있겠지만 귀, 코, 입술, 하다못해 눈두덩이에 걸어도 되는 게 저거다.

계약 조항의 ‘지니’라고 할까?

나중에 청구하면 몰라도 계약서에 떡하니 써 있으면 이건 신체포기각서나 별다를 바 없다.

‘계약 못 지키면 맘대로 하시어요. 맘이 풀리실 때까지.’

그런 의미지.

물론 자존심만 강한 소세키는 나의 제안을 받아들였다. 자신감은 좀 없었나 보다. 아니면 베팅을 해본 적 없던지!

계약 관계에서 블러핑하는 인간들. 진짜 많다. 부도내고 배째라고 하는 인간들도 많고.

뭐 어쩌나! 나도 같이 배째라고 누워야지. 돈 못 받아 가면 어차피 잘릴 거고, 잘리면 굶어죽는 건 매한가진데.

왜 굶어 죽냐고? 집에 가도 밥 안 주면 굶어야지, 어떡하나! 집에서는 마누라가 '갑'이었다.

1 대 3의 싸움이었다. 물론 내 쪽에도 2명이나 있기는 하지만 그 둘은 열외로 치고.

자꾸 뒤에서 힐끔거리며 신경을 쓰이게 하길래 버럭버럭 고함을 질렀다.

"마이어! 저기 가서 재들이나 잘 보라고. 여긴 내가 알아서 할 테니까! 한 교수님도요!"

열외 정도가 아니라 없는 게 도와주는 거다. 한 교수도 내가 작업하는 걸 본 적이 없거든.

기숙사 설계 건 이후, 한 교수가 물었었다.

"성훈아! 너, 천재 아니냐?"

그래서 내가 말해줬지. 짬밥이 20년이라고? 설마. 안 그래도 미래에서 왔냐는 터무니없는 멘트를 날리는 인간에게.

'교수님, 하찮은 손기술일 뿐입니다'라고 했을 뿐이다.

몇 년만 지나고 3D 프로그램이 정착이 되고, 게임 산업이 급격히 발전하면서 취업을 하려는 사람들은 모두 공부하는 프로그램이 된다. 지금이야 신기해 보이겠지만 조금만 지나면 아무것도 아닌 것이 된다.

남들보다 조금 더 잘하는 사람? 그게 손기술이 아니면 뭔가!

그래서 한 교수는 내가 하는 것을 보고 싶은 것이다. 그러나 봐서 참고될 것은 아무것도 없다.

컴퓨터공학과 교수와 조교도 꿀 먹은 벙어리가 됐는데, 한 교수가 알 수 있는 것은 더더욱 없다.

게임하듯이 단축키로 슥슥 몇 번 움직이면 매스가 만들어지는데, 뭐로 만드는지, 무슨 키를 쓰는지 알 수 없다.

이게 전문가와 아마추어의 차이이기도 하고, 멀쩡한 사람 눈뜬 봉사가 되는 것은 순간이다. 봐도 모른다.

도움도 안 되고 거치적거리기만 하는 것들은 다 쫓아내야 한다.

집중해도 시간이 간당간당한 마당에.

8장
Competition

24시간이 지났다.

왜 하루가 아니고 24시간이냐? 한숨도 못 잤거든.

물론 저기 옆 데스크의 소세키들도 마찬가지였다. 자존심이 걸려 있는데, 잠이 오겠나?

우리 교수님 두 분은 교대로 잠을 자면서 체력을 비축했다.

좀 더 많이 잔 사람은 물론 한 교수다.

자기 일도 아니니 뭐라고 할 것은 아니지만, 사기 쳐서 끌고 와서는 소처럼 일시키면서, 자기는 잘 잠 다 잔다는 게 살짝 빈정 상하기는 한다.

하지만 나는 한 교수에게 하소연할 시간도 아까웠다.

다행스럽게 모델링은 모두 끝났다. 경쟁이 붙어서 그랬는지, 품질 부분도 꼬투리 잡을 것이 없었다.

"호오. 잘하셨네요. 소세키 상!"

응당 자랑스럽게 어깨를 펴야 할 소세키들이건만, 그들의 얼굴은 무거웠다.

"끙. 김 상도 생각보다 실력이 있군요."

셋이서 난리를 치며 만들었던 것보다 내가 만든 부분이 더 많았거든!

당연한 결과다. 저들은 건물 모델링에 능한 사람들이 아니고, 나는 20년 경력자니까!

인체 모델링과 애니메이션으로 승부를 봤다면 정반대의 결과가 나왔을 것이다. 나는 그들의 발끝에도 못 미친다.

"자식들, 무시하더니 꼴좋다."

콧대가 꺾인 일본인들을 보며 한 교수가 웃으면서 하는 말이다.

"확실히 전문가네요."

"그래?"

"속도 면에서는 제가 앞섰을지 몰라도, 세부적인 면을 따지면 확실히 저들이 더 뛰어나네요. 당연히 자신들이 압도적으로 앞설 거라 생각했다가, 이런 예상치 못한 결과가 나와서 정신을 못 차리는 것뿐이죠."

"사기꾼 아니고? 네가 말하길래 그런 줄 알았는데!"

'아이고, 교수님! 사기꾼이면 제가 잡았겠습니까? 다 필요하니까 잡은 거죠.'

한 교수에게 눈이라도 한번 꿈뻑 해줄 걸 그랬다. 믿을 거라고는 당연히 생각하지 않았다.

"아뇨, 진짜로 실력자들이에요. 저 사람들은 저런 자신감을 가질 만해요."

자신의 실력을 알고 있는데, 저러지 못할 이유가 없었다. 오히려 갑자기 툭 튀어나온 내가 이상한 거지.

"성훈아, 그래도 한 번 더 밟을 거지?"

한 교수는 일본에 당한 것도 없을 텐데 열을 올린다. 이런 게 민족감정이라는 건가!

"하는 거 봐서요."

"왜 이유가 뭔데?"

"실력들이 좋아서 쓸데가 있어요. 너무 밟아놓으면 제 실력이 안 나와요."

하긴 한 교수도 아무 감정 없는 친구들이지만, 풀 죽은 것을 보니 마냥 기분이 상쾌하진 않은 모양이었다.

"그래? 니가 알아서 해라. 하지만 다시는 기어오르지 못하게 해. 일본애들 건방진 건 보기 싫어."

지극히 개인적인 감정을 표출하고 한 교수는 자리를 떴다.

풀 죽은 그들의 얼굴에서 하늘을 찌르던 자존심이 나락으로 떨어지는 것이 보였다.

일본의 특촬물을 보면서 꿈을 키운 사람들이리라. 고질라, 울트라맨, 가면라이더를 보면서 거기에 나오는 괴수들을 제 손으로 구현하겠다는 포부를 가진 사람들이었으니 스필버그 감독의 초대를 받을 수 있었겠지.

최소 10년 이상 경력을 가진 사람들이 이제 25살짜리 학생에게 밀렸다. 그것도 가장 기초가 되는 모델링의 속도로 말이다.

'그래, 나라도 죽고 싶을 거야!'

나온 지 반년도 안 되는 프로그램을 장난감 다루듯이 단축키를 사용하는 나를 보며 무슨 생각을 했을까?

나야 별생각 없이 하는 거지. 내 머릿속에 들어 있는 도면을 현실로 구현해 내는데, 시간 더 걸리게 패널들을 일일이 꺼내놓고 작업을 할까?

당연히 아니지. 그건 이영오가 일부러 보여주려고 일일이 마우스로 마린 찍는 거나 같지.

그래서 어느 세월에 챔피언 먹겠어! 일부러 하는 게 더 어렵다.

그리고 또 하나. '맥스'는 그들이 쓰레기라고 생각하는 프로그램이었으니, 그걸로 같은, 아니, 오히려 더 나은 모델링을 더 빨리 만들어내면 자괴감이 들지 않을까?

2,000만 원으로 300만 원을 못 이기면 바보라는 마음이 들겠지.

셋이나 있으면서 말이다. 결국 사용하는 사람의 경력 차이지만, 내 액면 어디가 20년 경력으로 보이는가?

문제는 이것 이후다.

건물벽체 면면에 텍스쳐를 입히고, 마이어가 원하는 질감과 색상이 나오게 하는 것.

이것을 매핑(Mapping)이라고 한다. 매핑과 조명에서 최종 결과물이 나오는 것이다. 거기서 실력이 갈라진다.

모델링은 손만 있으면 하는 거지만, 그 이후는 경험이 많은 것을 좌우한다. 이제 이들의 진짜 실력이 필요하다.

'모델링만 할 거면, 굳이 이들을 잡을 필요가 없었지.'

매핑에 대한 의논이 끝나고, 소세키들은 자기들끼리 모여서 이야기를 하고 있다.

패배의 기억을 떨쳐내고 싶음인지, 처음에는 비관적인 말들이 오가더니, 이제는 날 누를 궁리를 하고 있다.

"우리는 뛰어난 민족이라고, 한때는 세계를 정복할 능력이 있었다고. 그 저력을 보여주자고!"

'쯧. 일 하나 하는데 무슨 민족씩이나! 세계화가 코앞인데. EU 안 보이냐?'

하긴 일본도 대동아공영권을 들먹이면서 연합아시아를 꿈꿨던 자들이니, 그 환상을 깨고 싶지 않을 만하다.

“미국에게 지는 건 어쩔 수 없다고 쳐도, 우리의 식민지였던 조선! 그 하등한 민족에게 질 수는 없다고. 다른 건 몰라도, 매핑은 우리 전문 분야. 질 수가 없지!”

살짝 열 받는 건 어쩔 수 없다. 4년만 기다려라. 2002 월드컵 때 할복하고 싶은 놈 몇 나올 거다.

‘왜 반자이! 라도 하지 그러냐?’

놈들은 내 기분을 상당히 상하게 하는 일본말 몇 마디를 더 하고는 작업에 들어갔다.

‘그냥 화장실에 데려가서 옥수수 몇 개 털 걸 그랬나? 미국한테는 져도 되고, 한국한테 질 수 없다는 건 또 무슨 논리냐! 개쌍놈들!’

마이어에게 말했다.

“마이어! 디자인 변경하는 거 어때요? 이 상태로는 임팩트가 약해요!”

“무슨 소리야! 시간도 없는데.”

“마이어가 설계한 건물은 변형 가능한 구조잖아요.”

마이어가 고개를 끄덕였다.

그렇다. 그가 생각하는 집은 움직이는 집이었다.

저 허연 머리에서 이런 유아적인 생각이 나오다니! 진심으로 존경스럽다.

집을 모듈화해서, 같은 집을 넓히기도 좁히기도 한다는 것!

이것이 마이어의 중요한 설계 개념이었다. 즉 약간 역삼각형의 집도 만들 수가 있다.

마이어에게 말했다.

"날개 이거! 옆으로 더 쫙 벌리자고요."

"안 돼! 그럼 안정적이지 못해. 그리고 건축법에도 걸려!"

"흥!"

내가 코웃음 쳤다.

'이 양반아. 지금도 건축법에 걸려! 이게 집이냐. 로봇이지!'

"아! 또 왜? 뭐가 맘에 안 드는데!"

마이어가 짜증을 냈다. 시간은 촉박하지. 어린놈은 딴죽 걸지. 스트레스가 이만저만이 아닌 것이다.

"마이어, 이거 지을 거예요? 어디다가?"

"짓긴 뭘 지어! 이런 콘셉트라고 발표하는 거지!"

"어차피 안 지을 거면 화려하게 가자고요. 보는 사람도 좋고, 하는 사람도 폼 나게! 안 지을 건데 법은 무슨!"

옆에서 한 교수가 박장대소한다.

"성훈이 말이 맞네. 짓지도 않을 건데 법은 무슨!"

날 똑같이 따라 하며 마이어를 놀렸다.

마이어는 고민에 빠졌다.

띠! 띠! 띠!

고민은 3초 만에 끝났다. 얼굴에 웃음꽃을 가득 피우면서.

"그러네! 왜 그 생각을 못 했지?"

역삼각형! 'T'자 집이 'ㅜ'형 집이 될 수 있는 것이다. 날개가 훨씬 넓어지는 것이다.

마이어가 물었다.

"그런데 성훈. 버스에 부딪치면 어떡하냐?"

"2층 버스요? 그럼 3층부터 하면 돼죠."

한 교수가 끼어들었다.

"마이어, 개념인데 안 되는 게 어디 있어. 어차피 안 지을 건데!"

상상할 거리가 생겨서 신이 난 한 교수가 말을 이었다.

"집이 하늘을 날면 어때. 물에 뜨면 또 어때."

'한 교수님, 거기까지는 오버액션입니다요!'

내가 한 교수의 말을 잘랐다. 가만 놔두면 또 우주 건축 나온다.

"마이어! 건축계의 트랜스포머! 어때요?"

"크으. 멋있다. 그걸로 하자."

마이어의 걱정이 이어진다.

"크. 그럼 구조계산은 어떻게 하지?"

한 교수가 그의 어깨를 감쌌다.

"안 지을 거래매!"

"그렇지. 그랬지! 이렇게 가자고!"

마이어의 설계가 파격적으로 변했다.

천재는 개뿔! 노하우는 개뿔!

"그런데 마이어! 해줘야 할 게 있어요."

"말해! 커피 타다 줄까?"

마이어가 히죽 웃으며 말한다.

커피는 내가 타먹어도 되거든! 아가씨도 아니고, 머리 허연 노인네한테는 받아먹을 생각 없어!

참, 내가 말을 왜 이렇게 하냐면 마이어 저거, 겉늙은이다.

마흔둘이란다. 한국 나이로 마흔셋, 나랑 동갑이다. 쯧쯧! 머리는 허예 가지고. 전생에 잡지에서 봤을 때 허예진 게 아니라 이때부터 액면가 할배였다.

"박람회 진행자한테 이야기해서 이거 일정 좀 미뤄요. 마지막 날 오픈 하겠다고 해요."

마이어의 미간이 찌푸려진다.

"될까? 안 된다고 할 건데."

"안 된다고 하면 모레 아침에 여기로 데리고 와요."

"왜?"

답답한 양반이다. 마이어! 박람회는 고상한 학술회의가 아니다. 흥행이 아주 큰 요소를 차지한다.

흥행을 하려면 홍보가 중요한데, 전년도에 흥행이 대박을 쳤다면 다음 해에는 홍보를 할 필요가 없다.

스폰서를 잡으러 다녀야 하는 것이 아니라 스폰서가 돈 보따리 들고 알아서 찾아온다.

그래서 내로라하는 명성 있는 자들을 특권을 줘서라도 초대하는 것이다. 그럼 지금의 마이어의 설계는 과연 흥행을 할 수 있는가?

이걸 몰라본다면 그들은 장사 접어야 한다.

"주인공은 나중에 등장하는 거예요. 그쵸? 마지막에, 짜잔!"

마이어가 고개를 끄덕였다.

"일단 데리고만 와요. 그 밑의 부하 직원이라도 괜찮아요. 그다음은 알아서 굴러갈 테니."

한일전의 양상을 띠고 경쟁이 진행되었다. 물론 어디까지나 소세키들의 입장이다. 나는? 져도 잃을 것이 없다.

25살짜리가 10~20년 차 경력자 3명에게 진다고 해서 잃을 것이 있을까?

나처럼 사기 캐릭이 아니라, 진정으로 그 방면의 실력을 쌓아온 자들인데, 하는 말은 밉상이라도 그 실력은 진짜였다.

매핑 쪽의 퀄리티는 도저히 이겨낼 수 없었다. 물론 이겨낼 방법은 있었다. 몇 개의 매핑 소스를 더 첨가함으로써 더 좋은 품질을 만드는 것쯤은 알고 있다.

그러나 거기에 걸리는 시간과 렌더링에 걸리는 시간을 생각한다면 차라리 안 하는 게 나았다. 그래서 인정해 줬다.

“정말 매핑 실력은 따라갈 수 없군요. 대단하십니다.”

엄지를 치켜들었다. 내 말에 일본이 세 명이 서로 하이파이브를 하며 서로에게 격려했다.

“봤지. 하면 할 수 있다고!”

내 말이 뭐 그리 대단한 거라고. 나는 진심으로 이들이 부러웠다.

한 길만 죽어라고 파지 않는다면 이런 실력이 나오지 않으니까 말이다. 격장지계를 하느라 깔아뭉개기는 했지만 실력은 진짜였다.

나중에 프로그램들이 발전을 하면서는 지금의 그들이 쓰는 매핑 기법은 대중화되겠지만, 이들의 실력은 알아줄 만했다. 프로그램이 나아질수록 이들의 실력도 더 많이 발전할 것이다.

프로그램이란 사용자의 요구에 따라 만들어지는 것. 그 기술을 선도하는 자들을 인정해 주지 않을 수 없었다.

“성훈 상도 실력이 대단합니다. 그 나이에 그렇게 한다는 것은 정말…… 신의 손입니다.”

내가 그들의 실력을 인정하자 금 간 자존심이 회복되었던지 나에 대한 칭찬도 서슴지 않았다.

일본인들 중의 하나인 마사키가 어눌한 영어로 말했다.

“우리는 건축을 모릅니다. 의뢰를 받아들인 것은 마이어란 사람의 명성 때문입니다. 우리 커리어에 도움도 되고요.”

“그러셨군요.”

그렇게 대단한 줄 아는 사람에게 그런 땡깡을 부렸던 거냐? 어떤 의미로는 이들도 대단하다.

“그런데 성훈 상은 어떻게 저런 사람에게 이래라저래라 할 수 있는 겁니까?”

어쩌면 이들의 눈에는 월권으로 보였을 수도 있겠다.

하라고 한 것을 ‘못 한다’고 하는 것과 먼저 나서서 ‘이것 하자’라고 하는 것은 차원이 다른 문제이니까.

“그냥 의견을 말한 거지. 그게 어디 명령한 겁니까? 마이어도 받아들일 만하니까 받아들이는 거죠.”

생각해 보니 이것이 일본인들과 처음으로 한 대화다운 대화였다.

다시 작업이 시작되었다. 파티션은 치워지고, 마사키는 내 옆에서 작업을 하고 있다.

'이제 좀 한 팀 같네.'

내가 '따'를 당한 것인지, 내가 '따'를 시킨 것인지 몰라도 겉돌던 분위는 많이 사라졌다. 한 번의 칭찬이 그들의 자존심을 살린 것 같다. 역시 칭찬은 좋은 것이여!

옆에서 작업하던 마사키가 작업이 잘 안 되는 모양이다. 일본어로 뭐라고 투덜거리고 있다.

"아, 진짜. 왜 이렇게 폴리곤이 깨지는 거지?"

옆을 힐끗 보니 아까 만들었던 벽체에서 폴리곤 좌표가 흐트러지는 바람에 매핑 입힌 것이 뭉개지고 있었다.

모델링을 하는 과정에서는 잘 보이지 않지만 매핑을 입히게 되면 좌표가 엉킨 부분은 눈에 도드라진다.

지극히 정석적인 방법으로 모델링을 해놓았다.

작은 건축물 혹은 창이 몇 개 없는 것이라면, 크게 문제가 되지 않으나, 창이 많은 경우에는 해당 면의 세그먼트(Segment : 매스의 임시분할선) 개수를 늘려야 좌표로 인한 트러블을 방지할 수 있는 것이다.

건물을 만들 때, 일반적인 3D 프로그램의 정석적인 모델링 순서는 건물을 짓는 것과는 좀 다르다.

박스를 생성시켜서 벽의 크기와 두께, 높이를 설정하고, 무브로 옮겨서 원하는 위치에 놓는다.

창을 뚫기 위해 창 크기만큼의 박스를 생성한다. 기존의 벽에서 뚫을 위치에다가 박스를 겹친다. 그리고 'Boolean' 한다.

그러면 원하는 크기만큼의 창이 생성된다. 그 이후에 마감을 하기 위해서는 더 많은 작업이 필요하겠지만 이것이 기본이다.

마사키도 그런 기본적인 방법을 사용하고 있었다.

창이 몇 개 되지 않을 때는 충분히 사용 가능한 방법이다. 마사키는 건축물 작업에는 익숙하지 않았던 모양이다.

'쥬라기 공원'에서 건물이 몇 개나 나오겠는가?

그리고 영화 제작 기법은 잘 모르지만, 그렇게 3D로 만들어서 컴퓨터의 용량을 늘리는 것보다 세트를 만드는 것이 훨씬 비용이 저렴할 것이다.

즉 건축물을 만들 일이 별로 없다는 것이다. 그럴 여유 용량이 된다면 공룡 한 마리라도 더 넣는 것이 그들에겐 이익일 것이다.

그리고 마사키는 그 정석을 따르고 있었다. 한쪽 벽에 창만 수십 개가 넘는 것을 말이다. 당연히 좌표가 흐트러지고, 매핑을 입히면 텍스쳐가 뭉개진다.

마사키에게 말했다.

"마사키 상, 그렇게 만드는 방법도 있지만, 캐드에서 도면을 불러와서 'Extrude'시켜서 사용해 보세요. 건축 쪽에서는 그렇게 사용합니다."

미심쩍은 듯하면서도 마사키는 내 말대로 했다.

어차피 본전이니까!

지금 상태에 익숙해서 그렇게 할 뿐이지, 그것이 얼마나 용량을 많이 차지하는지는 마사키 본인이 더 잘 알고 있을 것이다.

잠시 후, 마사키가 물었다. 재밌다는 표정을 하고 말이다.

"맥스를 쓰는 사람들은 다 이런 식으로 작업을 하는 겁니까?"

"아뇨, 저만 하는 겁니다."

그렇다. 이 방법은 적어도 이 시절에는 아무도 생각지 못했던 방법이다. 얼마 뒤에는 상용화될 것이다.

그저 발상의 전환일 뿐인데, 그 전환이 뒤늦게 이루어졌다. 적어도 내가 알던 대다수의 사람은 이 방법을 알지 못했고, 나는 그들에게 가르쳐 주지 않았다.

왜? 내 밥줄이었거든. 남들과 경쟁에서 시간적 우위를 차지할 방법을 가르쳐 주는 것은 내가 던진 부메랑에 뒤통수 맞는 거랑 다를 게 없었다.

이기적이라고 욕해도 어쩔 수 없다. 문파의 비기는 적장자에게만 전해지는 법이다.

미간을 찌푸린 마사키가 물었다.

"성훈 상! 왜 이런 걸 가르쳐 주는 겁니까?"

"일이니까요. 지금 우리는 시간이 없습니다."

고개를 끄덕이던 마사키가 얼굴에 미소를 띠었다.

"성훈 상! 일본어를 잘하시네요."

'아차!' 하는 생각이 들었다. 저들은 내가 일본 말을 모른다고 생각했을 텐데 말이다. 너무나 자연스럽게 말하고 있었다.

습관이 이래서 무섭다. 갱상도 말로 물으면 갱상도 말이 나오고, 서울말로 물으면 서울말이 나오는 법. 칙쇼!

"아닙니다, 그냥 몇 마디 합니다. 잘 알아듣지도 못해요."

마사키는 빙긋이 웃으며 고개를 끄덕였다. 반달눈에서 나오는 온화한 웃음이다. 어찌 보면 일본 가면 같은.

"저희가 첫날 비웃는 걸 들으셨겠네요."

뭐라고 답을 하기가 애매했다. 그것도 당사자가 저렇게 대놓고 고백을 하면 말이다.

그냥 웃었다.

"왜 아무 말도 없이 넘어가신 겁니까?"

이렇게 직설적으로 물을 줄이야! 웃음으로 얼버무렸다.

"하하! 그럼 거기서 민족 감정을 드러내며 싸웠어야 합니까?"

"하지만 화나지 않으셨습니까?"

"화는 났지만 일로 무시를 당했으면 일로 갚아줘야지. 엉뚱한 걸로 갚아준다고 해서 속이 시원하겠습니까?"

일로 무시를 당했는데, 어쭙잖은 민족 감정을 드러내면 '내 수준이 이따위요. 당신을 못 이기겠으니, 나는 욕이나 하겠소' 하고 자랑하는 것이다.

축구로 졌으면 축구로 되갚으면 될 일이다. 유도로 졌으면 유도로 누르면 되고.

뺨 맞아서 열 받는다고 사시미 칼을 들면 그건 병신이다. 병신 중에서도 상병신!

"하하, 그렇군요. 할 말이 없습니다. 부끄럽습니다."

조용조용 나누는 대화가 들렸음인가? 저쪽에 있던 소세키와 쿠라사키의 손놀림이 멈췄다. 아니, 어쩌면 마사키와 일본말로 대화할 때부터 멈춰 있었을지도 모를 일이다.

마사키는 그걸 아는지 모르는지 계속 말했다.

"따라잡힌다고 생각하면 두렵지 않으십니까?"

'안 따라잡히는 것도 있나?' 하는 생각과 함께 '이들은 무엇을 목표로 이 일을 하는가?' 하는 의문이 들었다.

이들의 생각이 알고 싶었다. 그래서 물었다.

"일인자가 되기를 원하십니까?"

"일인자가 되고 싶지 않으십니까?"

마사키는 나의 질문에 질문으로 대응했다. 참 독특한 화법이다.

예, 아니오로 대답하는 것은 꼬리에 꼬리를 무는 일이 될 것이다. 이다음에 따라오는 질문은 당연히 '왜 되고 싶지 않으십니까?'일 것이다. 굳이 그의 페이스에 말리고 싶지 않았다. 다른 질문을 던졌다.

"영화 만드는 일을 한다고 하셨지요?"

"네!"

"저는 영화를 잘 모릅니다. 하지만 영화는 판타지를 눈으로 볼 수 있게 해주는 예술이라고 생각합니다."

"그렇습니다. 정말 대단한 예술입니다."

"미야자키 하야오 감독이 애니메이션계의 일인자라고 하더군요."

"그렇습니다. 일본 영화계의 거장이시지요. 많은 사람이 목표로 하고 있습니다."

"저는 미야자키 감독이 목표가 되어서는 일본이 발전할 가능성은 없다고 생각합니다."

순간 마사키의 얼굴에 어둠이 낀다.

"그게 무슨 말입니까?"

"과연 도쿠가와 이에야스가 없었다면 토요토미 히데요시가 있었을까요? 아니, 애초에 둘 중에 누가 '승자' 혹은 '강자'라는 말을 할 수나 있을까요?"

나는 일인자란 결과일 뿐이지, 목표가 되어서는 안 된다고 생각했다. 일인자를 목표로 하는 것은 사람에게 기준을 두는 것이다.

일인자가 있으면 일인자가 못 되는 것이고, 일인자가 없어져야 그 자리에 오르는 것이다.

그 기준선이 나에게 있는 것이 아니라 철저하게 다른 사람에 의해 좌우된다.

그런 기준이라면 일인자가 되는 방법은 간단하다.

내 앞의 사람들이 늙어 죽을 때까지 기다리면 된다. 물론 그 세월 동안 뒷사람에게 추월당하지 않는다는 전제가 필요하지만! 그러나 그런 마인드는 백이면 백, 다 추월당한다.

긴 세월을 살아온 것은 아니지만 내가 보아온 일인자'들'은 사람을 목표로 잡지 않는 자들이었다.

일인자가 목적인 사람은 자신이 이인자라는 것을 끊임없이 되뇌어야 한다.

대부분의 일인자가 걸어온 과정을 보면 알 수 있다. 그들은 애초에 누군가를 이기겠다는 마음이 없다.

그들의 경쟁자는 사람이 아니라 어떤 것, 혹은 어떤 일이다.

그 일을 하다 보면 다른 길을 개척하기도 하고, 그 길에서 독보적인 존재, 즉 일인자가 된다.

일인자가 되는 길은 수만 가지다. 그러나 내 앞의 일인자에게 집착하는 순간 일인자의 길은 하나가 된다.

"따라잡히는 것을 두려워해서 뒤돌아보는 자는 일인자가 될 수 없다고 봐요. 목표는 뒤가 아니라 앞에 있는 거죠. 고로 일인자가 되는 가장 빠른 길은 그의 뒤에서 쫓아가는 것이 아니라 옆에 서는 게 아닐까요?"

마사키는 무슨 생각을 하는 것일까? 아무런 반론도 없이 듣고만 있었다.

"따라가는 것이 아니라 앞서가려고 할 때 겨우 같은 위치에 서는 거죠. 당신의 생각과는 다를지 몰라도 전 일인자란 사람 앞에 서는 자가 아니라 일의 뒤를 쫓고 그걸 앞지르기 위해 경쟁하는 자라 생각합니다."

마사키가 침중하게 고개를 끄덕였다.

'나, 너무 건방진 이야기 하는 거 아냐? 이상하게 보이겠지!'

너무 말이 많았다. 여기서 말을 접기로 했다.

"제가 볼 때."

'무슨 말을 하려는 것인가?' 하며 마사키의 얼굴이 진중해졌다.

"마사키 상은 당신의 길에서 일인자입니다. 그 실력이 증명합니다. 그리고 소세키 상과 구라야마 상도 각기 자신의 길에서 일인자입니다. 다른 사람은 몰라도, 저는 인정합니다."

마사키가 파안대소를 지었다.

“정, 정말입니까? 정말 그렇게 생각하십니까?”

나는 고개를 끄덕였다.

진심이었다. 나는 이전의 삶에서 그들처럼 집중한 적도, 진심이었던 적도 없었다. 일을 대하는 것은 어디까지 돈벌이였을 뿐이다.

나는 이들을 일인자가 아니라고 말할 자격도, 질투할 자격도 없었다.

이들은 진짜였으니까.

9장
Complete

모델링과 매핑은 끝이 났다. 이제 남은 것은 조명과 시뮬레이션, 그리고 렌더링.

조명과 시뮬레이션을 할 카메라 동선은 사람이 하는 것이지만 렌더링은 컴퓨터가 하는 것이다.

사실 그래픽 작업은 조명에서 모든 것이 결정 난다고 해도 과언이 아니다.

전문가들도 모델링과 매핑은 아랫사람에게 시켜도 조명은 직접 하는 경우가 많았다.

최종적으로 설계자가 원하는 색상과 질감을 만들어내는 것은 빛이다.

그 빛에 의해서 원하는 색과 질감이 나오며, 그림자에 의해 볼륨감이 생성된다.

여기서부터는 아마추어가 건드리지 못하는 전문가의 영역. 경험이 빛을 발하는 구간이다.

소세키가 물었다.

"성훈 상, 여기 이 부분은 어떻게 할까요?"

세상에 빛을 만들어내는 것은 태양만이 아니다.

호롱불도, 전구도, 가로등도, 그리고 유리에 반사된 것도 모두 빛이다.

제각각의 색과 강도로 오브젝트를 비추며 256가지 색으로 표현할 수 없는 분위기를 자아낸다.

3D가 지향하는 바는 3D처럼 보이는 모델이 아니라, 현실과 구분하기 어려울 정도의 퀄리티를 내는 것이다.

그것은 다른 말로 자연스러움이다. 조명이 하는 것도 3D로 구현한 형상을 가장 현실감 있게 구체화하는 것이다.

아이러니하지만 3D 프로그램의 구동 시 가장 용량을 많이 차지하는 것은 '보이지 않는 것'이다.

바로 빛!

실제로 그림자를 구현하지 않는 렌더링은 용량을 많이 차지하지 않는다.

그림자가 들어가는 순간, 렌더링 속도는 어마어마하게 느려진다.

언제부턴가 이 세 명의 일본인은 나에게 질문을 하기 시작했다.

'내가 감독이냐? 전문가는 당신들이라고. 나는 당신들에게 배우고 싶다고.'

그러나 이런 방식이 일하기는 편하다. 알아서 물어봐 주고 자기 고집을 내세우지 않으니 얼마나 편한가?

"일단 조명이 필요한 곳에는 모두 설치를 하세요!"

"하지만 성훈 상, 헐리우드 쪽의 워크스테이션 컴퓨터가 아니면 이거 못 돌릴 겁니다. 용량이 너무 커요!"

그들의 걱정을 알고 있다. 가용 용량보다 너무 큰 데이터가 들어오면 CPU가 멈춰 버린다. 일명 빠가가 난다.

"일단 설치만 하세요. 나중에 온오프를 결정하도록 하죠."

내 말을 이해했는지 모르지만 소세키는 질문을 반복하지 않았다. 자리로 돌아가 지시를 할 뿐이다.

'무슨 변덕이냐. 그렇게 투덜대며 딴지만 걸더니! 그래, 말만 잘 들으면 됐지 뭐.'

하긴 닷새 동안의 밤샘 작업은 서로의 불신을 없애고 팀워크를 다지기에 충분한 시간이었다.

강자에겐 강자의 방식이 있고, 약자에겐 약자의 방식이 있다.

철저하게 조명이 쓰일 부분과 조명이 닿지 않는 곳의 동선을 구분했다. 조명이 하나가 덜 활성화되면 렌더링 시간이 반으로 단축된다.

소세키들이 작업하는 곳에서는 이런 방식을 사용하지 않을 것이다. 빵빵한 시스템을 가진 곳에서는 고민하지 않는 방식이다. 그들이 원하는 것은 돈이나 시간이 아니라 퀄리티니까.

시간이 모자라면? 두 대를 쓰면 되고, 그래도 모자라면 더 쓰면 된다. 돈질로 모든 것을 해결할 수 있는 곳이 할리우드다.

하지만 여기는 마이어의 사무실이다. 할리우드에 비하면 처참할 정도로 약자다.

"호오, 이런 식으로도 작업을 할 수 있군요."

역시 소세키의 말처럼 이들은 이런 작업을 해본 적이 없는 것 같았다.

그들이 원하는 것도 완벽함이었을 것이다. 그러니까 이런 식으로 어마어마한 용량이 들어갈 매핑을 입힐 수 있는 것이다.

나라면 어떻게 텍스쳐 하나라도 뺄 수 있을까를 고민했을 것이다. 부자와 빈자의 관점 차이다.

"시스템이 안 되니까 이런 대책이라도 마련해야죠. 하하."

"흐음!"

세 명의 일본인이 팔짱 낀 손으로 턱을 받치고 나의 분할 작업을 주시하고 있다.

영상에서 가장 포인트가 될 만한 구간을 잘라서 소세키의 컴퓨터로 렌더링을 시작했다. 그게 가장 좋은 거니까. 그리고 나머지 부분도 조각조각으로 분할해서 각자의 컴퓨터에 배분을 했다.

최대한 작은 단위로 분할하는 것은 컴퓨터가 멈춰 버렸을 때의 리스크를 최소화하기 위함이다. 대신 이어붙이고 편집하는 귀찮은 과정을 반복해야 한다.

'시스템이 딸리면 사람이 좀 고생하면 되는 거지.'

먼저 렌더링되는 것부터 파일을 옮긴 후, 마이어를 불렀다.

지금부터 마이어는 붙박이다. 꼼짝 못 한다. 못을 박았다.

"지금부터 어디 싸돌아다닐 생각하지 마세요."

마이어의 작업이니 마이어의 의도에 맞게 나와야 한다.

내 의도가 드러나서는 마이어의 것이 아니게 되고 그러면 마이어의 명성은 거품이 될 것이다.

컴퓨터로 렌더링을 돌리는 동안, 할 일이 없어진 일본인들도 아예 내 의자 뒤로 자리를 잡았다.

관심이 있는 것이다. 이들의 전문 분야는 3D 제작 분야다.

나중에는 프로그램이 좋아지면서 한 사람이 편집까지 관여를 하게 되지만 아직은 아니다. 이들도 자신들의 작품이 어떤 방식으로 최종 결과물이 되는지 보고 싶은 것이다.

6명이 있지만 들리는 소리는 마이어와 내 목소리뿐이었다.

모든 작업이 끝났다.

"휴! 이제 현장에 가져다 거는 것만 남은 것인가?"

한 교수와 마이어도 내 옆에서 작업이 끝나는 것을 보고 나를 안아주며 격려했다.

"성훈아, 수고했다. 역시 기대를 저버리지 않아."

"성훈, 브라보! 내 생애 최고의 작품이야. 어디에 내놓아도 부끄럽지 않겠어."

마이어로서도 감격스러운 일이 아닐 수 없다. 애초의 설계보다 더 화려하게 나왔다.

이유는 한 가지!

"어차피 안 지을 거잖아요."

중간에 설계가 변경되면서 우여곡절이 있었지만 결과가 좋으면 다 좋은 것이다.

겨우 빠듯하게 마감에 맞춰서 작업을 끝냈다. 일본인들도 저들끼리 하이파이브를 하며 자축하고 있었다.

그들에게 다가갔다. 시작은 별로 좋지 않았지만 마무리는 감정의 잔재 없이 깔끔하게 해야 할 것이 아닌가!

"소세키 상, 쿠라야마 상, 마사키 상. 세 분 다 수고하셨습니다. 역시 전문가의 손길을 거치니 이런 작품이 나오는 군요. 대단하세요."

대화의 포문은 칭찬으로 열었다.

세 명의 일본인이 서로의 얼굴을 바라보더니 자리에서 벌떡 일어났다. 그들을 바라보며 웃었다. 그들은 칭찬받아 마땅한 사람들이다. 자신의 능력 이상의 결과를 보여주었다. 물론 나를 누르기 위해 시작된 일이지만.

"성훈 상, 죄송합니다!"

세 명이 이구동성으로 말하며 허리를 90도로 숙였다. 일본 영화에서 야쿠자들이 하는 그런 인사!

살짝, 아니, 많이 당황했다. 이렇게까지 사과할 것은 아니지 않는가? 아무리 일본인이라고 해도.

시간이 지나도 허리를 올리지 않는다. 정말 당황했다. 영화에서 많이 보기는 했지만 실제로 당해보니 그 느낌이 달랐다.

사과의 기세라고 해야 할까! 진심이 느껴지는 사죄!

그리고 당하게 되면 아무리 화가 나 있어도 화를 풀어줘야 할 것 같은 느낌!

안 받아주면 할복할 것 같은 진지함이 느껴졌다.

"이렇게 사과할 정도는 아닙니다. 이미 우리는 많이 친해졌잖아요."

소세키가 허리 숙인 채 말했다.

"용서해 주십시오! 성훈 상!"

그 옆의 둘이 복명복창한다.

"용서해 주십시오! 성훈 상!"

그때 느낀 압박감이란 정말!

한때는 쥐어박고 싶을 정도로 미운 적도 있었다.

하지만 지금은 서로를 실력자로 인정하고 있다. 무시하지 않는다.

반드시 이런 사과를 받아야 할 정도로 악감정이 남아 있지 않았다.

얼른 이런 분위기를 피하고 싶었다. 사과를 받으러 온 것이 아니다. 마감을 축하하러 온 거다.

당황하고 있는데, 언제 다가왔는지 한 교수가 내 어깨를 짚었다. 귀에 대고 한국말로 말했다.

"성훈아! 뭔지 몰라도 얼른 용서하고 지나가라. 쟤들 배 가르겠다."

마이어도 영문은 모르지만 이 상황이 나에게 달린 것은 알고 있다.

"성훈! 이거 좀 어떻게 해봐!"

뭘? 나보고 어쩌라고. 결론은 하나뿐이다. 용서해 달라고 했잖은가!

"네, 용서해 드릴게요. 그리고 제 마음에서 안 좋았던 기억은 지우겠습니다. 됐습니까?"

그 말이 끝나자마자 그들이 허리를 벌떡 세웠다. 힘들었나 보다. 얼굴이 벌겠다.

"감사합니다, 성훈 상."

차례로 악수를 청했다. 이거야 뭐!

촌극의 주인공이 된 느낌이다. 순서가 거꾸로 된.

보통은 처음 봤을 때 인사로 악수를 하지 않나? 시작이 꼬여서 하지 못했지만, 이제 관계의 시작이라는 건가!

언제 저 뒤로 갔는지 한 교수와 마이어는 우리와 떨어져서 뭔가를 쑥덕거리고 있다.

'두고 봐라, 한 교수. 이 대가는 톡톡히 치르게 될 거야.

"한! 저거 물건이다, 물건이야! 저 콧대 높은 일본인들을 저렇게 만들 수 있냐?"

"레벨이 다른 거지!"

"야! 실력이야 인정 안 할 수 없는 거지만, 난 저 친구 사람 다루는 게 정말……."

마이어가 얼마나 고생을 했던가?

전문가의 영역이니 끼어들지 못한 것은 그렇다고 치고, 그놈의 장인 정신을 내세우며 완벽을 기할 때는 숨이 턱턱 막혔다.

시간 없어 죽겠는데 장인 정신은 개뿔!

그런 고집쟁이 일본인들의 자존심을 턱턱 긁더니, 실력으로 눌러 버리고, 칭찬하면서 띄워주고, 뒤에 가서는 종 부리듯이 하더니, 마지막에는 스스로 사죄하게끔 한다?

"한! 나는 살면서 저런 인간을 본 적이 없어. 재 25살 맞아?"

"나도 가끔 그게 의심스러워. 속에 구렁이가 앉아 있는 거 같아! 한 50 먹은 거 같아."

"난 언제 저렇게 되냐?"

"마이어, 당신은 이미 50으로 보이니 걱정 안 해도 돼!"

"크크크. 한국에서는 나 같은 사람 지하철 타면 자리 비켜준다며?"

"응, 당신 자리는 항상 비어 있을 거야. 노약자석이라고 따로 있어!"

박람회 마지막 날이다.

마이어의 작품은 오늘에야 시연이 되었다.

위원회장의 특별한 배려로 한쪽 벽에다가 통째로 스크린을 설치했다.

주변 관계자들의 빗발치는 항의가 있었지만 위원회장은 코웃음도 치지 않았다.

그는 뻔뻔스러운 얼굴로 말했다.

"특별 행사로 기획한 거요!"

"이런 이야기는 못 들었는데 무슨 특별 행사요?"

"기밀을 유지하기 위해서 아무에게도 말하지 않았던 거요."

"흥! 기밀은 무슨? 이 건으로 문제가 생기면 가만있지 않을 거요!"

'흥? 내가 흥이다! 이 건으로 내 입지가 굳혀지면 넌 퇴출일 순위야!'

위원회장이 말했다.

"모든 책임은 내가 진다. 걸어!"

마지막 날이라 회장은 발 디딜 틈도 없이 복잡하다.

거기다 빔 프로젝터와 스크린의 설치로 그야말로 도떼기시장을 방불케 한다.

마이어의 '트랜스포머'가 방영된다. 마이어가 적극 추천했던 배경 음악이 깔린다. 사람들의 시선이 스크린으로 몰렸다.

저 멀리 보이는 사막의 작은 도시.

태양은 집으로 돌아가고, 암흑만이 존재한다.

둥근 원형의 외곽에서부터 불빛이 들어오기 시작했다.

멀리 하늘을 날던 독수리는 이게 뭐야 하면서 도시로 접근한다. 시원한 바람 소리가 귓가를 스친다.

다가갈수록 건물의 외관은 더욱 선명하게 보인다.

갓 지은 듯한 건물 화강석 외벽에서는 돌가루 냄새가 날 것 같다. 아스팔트 위로 바람을 타고 횡단하며 좌우를 살핀다.

어느 것 하나 완벽하지 않은 곳이 없다. 눈으로만 봐도 시멘트 질감을 느낄 수 있었다.

사막과 어울리지 않는 콘크리트의 도시. 어느새 독수리는 불빛의 물결을 앞질러 중앙광장에 도달했다. 텅 비어 있었다. 광장을 한 바퀴 둘러서 중앙에 내려앉았다.

귀를 간질이던 바람은 잦아들었다. 바람 소리는 사라지고 땅을 울리는 거인의 발걸음 소리가 들린다.

쿵. 쿵. 쿵. 쿵.

잠시 후 진동은 사라졌다. 아니, 이 소리에 묻혔다고 할까? 땅 속에서 날카로운 기계음이 들려왔다.

윙. 철컥! 윙. 철컥.

곧이어 땅이 흔들렸다. 그리고 바닥에 푸른 불빛이 일렁였다. 놀란 독수리가 화들짝 날아올랐다. 소리와 불빛에서 떨어져서 기현상을 지켜본다.

땅 속에서 거대한 사각 기둥이 솟아오른다. 하늘을 찌를 기세로 힘차게!

솟아오른 네 개의 구조물에서 새싹이 돋아나듯, 사방으로 큐브가 한 칸씩 튀어나온다.

윙. 철컥! 윙. 철컥.

"우와! 저게 뭐야?"

사람들의 탄성이 커져만 간다.

"오호라! 아예 피라미드 모양이 되었는데."

무한 확장을 한 큐브는 '+'자 모양의 역피라미드가 되어 있었다.

"저게 정말 가능한 거야?"

"말이 되는 소리를 해? 실제로 된다고 해도 저걸 지을 이유가 없잖아."

"그냥 디자인일 뿐이야. 그래도 생각이 참신하잖아. 그냥 보자구."

실현 가능하다고 하는 사람, 말이 안 된다는 사람, 그냥 영화처럼 즐기는 이, 각양각색의 인종이 생각을 뿜어낸다.

박람회장은 열기로 후끈거린다.

회장은 회심의 미소를 짓고 있다.

보는 사람만 없었으면 박장대소를 하련만 체면 때문에 부들부들 떨고 있었다.

"크크크, 마이어 교수! 이번 박람회는 대, 대성공이오. 고맙소!"

"크흐흐. 뭘 고작 이런 걸로……."

겸양을 하는 마이어라고 별다를 바가 있으랴?

그도 마주보며 부들부들 떨고 있다. 각고의 인내심으로 벌어지는 입술을 오므리려 노력하고 있을 뿐이었다.

어느새 독수리는 열린 창을 통해 구조물의 내부로 침투했다.

문어발처럼 늘어나는 이 괴물의 정체를 확인하려는 것이다.

날카로운 눈으로 내부를 살폈다. 아무것도 없었다. 그냥 텅 빈 넓은 복도였다.

하지만 건물의 확장이 끝나자, 천정의 일부분이 'ㄱ' 자로 꺾이더니 바로 벽이 되어버렸다. 이미 벽에는 문이 달려 있다.

그리고 다시 모듈화된 벽이 차례로 내려오면서 공간을 벽으로 나누었다.

한쪽은 집, 나머지 좁은 쪽은 복도가 되었다. 인테리어는 완벽하게 심플하다.

먹는 것이 아니라고 생각되자, 독수리는 흥미를 잃어버렸다. 창밖으로 나가 하늘로 날아올랐다.

그래도 신기했던 모양인지, 창공에서 밝게 빛나는 사막의 도시를 뚫어지듯 바라본다.

찰나의 순간에 광휘의 오아시스가 되어버린, 불이 꺼지지 않는 도시를…….

“와우! 저거 한 층만 있으면…….”

“저걸 어떻게 들고 다니냐? 그리고 어디다가 설치하냐!”

“쓸 곳은 많지! 당신 같으면 아프리카에 난민 구할 때, 시멘트 들고 갈래, 저거 헬리콥터에 싣고 갈래?”

“끙!”

말문이 막힌 사내가 신음을 삼킨다.

“만들기만 하면 쓸데가 왜 없어? 섬에 가서 집 지을래? 가져갈래?”

“그렇지. 다만 지금의 기술로 만들 수 있느냐가 문제지!”

다시 한 번 박람회장은 뜨거운 토론으로 후끈 달아오른다.

상영이 끝나고, 조명이 들어왔다. 하지만 아직도 사람들은 영상이 있던 벽에서 눈을 떼지 못한다. 아쉬워하는 눈치였다. 객장이 소란스럽다.

스크린 아래에 마련된 단상에 마이어가 올라갔다. 사람들은 그의 입이 열리기만을 기다리고 있다.

관객들을 죽 둘러본 마이어가 입을 열었다.

"안타깝게도 제가 아는 바로는, 아직은 실현이 불가능합니다."

"아우! 진짜."

아쉬움의 한숨이 터져 나온다.

관객들의 반응을 본 마이어가 말을 이었다.

"기술은 필요에 의해 태어납니다. 인간이 밤에도 볼 수 있었다면, 플래시는 발명되지 않았을 겁니다. 우주여행을 꿈꾸지 않았다면, 달에 가지 못했겠지요. 미래를 만드는 것은 기술이지만, 그 시발점은 상상의 힘입니다."

마이어는 불가능의 가능성에 대해 말했다.

"하지만! 불가능하다고 했던 대부분의 것은 지금 현실이 되었습니다. 하늘을 날 수 있고, 전화를 할 수 있으며, 해저로 터널을 뚫었습니다. 불가능은 없습니다. 단지 시간이 걸릴 뿐이죠. 우리가 만들지 못하면, 후손이 만들면 됩니다. 우리는…… 그 기반을 만들어 줄 겁니다. 머지않은 미래에 저 영상은 현실이 될 것입니다. 이 트랜스포머 큐브는 미래를 알리는 시작일 뿐입니다."

간단한 인사말로 마무리하며, 마이어가 단상에서 내려왔다. 위원회장이 마이크를 넘겨받았다.

"감사합니다. 베를린 대학의 마이어 교수였습니다. 큰 박수를 부탁드립니다."

짝짝짝짝!

우레와 같은 박수 소리에 박람회장이 흔들릴 정도였다.

아직 마이어는 강단에서 내려오지 못했다. 위원회장을 비롯한, 한자리 한다는 사람들이 모두 모여와 마이어를 붙들고 이야기를 나누고 있다.

곧이어 기자들도 따라붙었다. 우리 자리로 오려면 멀었다.

한 교수가 아쉬워했다.

"저 작은 것들을 대형 큐브로 이어붙이면 그대로 우주 건축이었는데!"

그의 말도 완전히 일리가 없는 것은 아니었다. 네모난 큐브 하나에서 무한 확장한다는 컨셉이었으니, 달에 하나 던져놓으면 사람이 존재할 수는 있을 것이다. 공기와 중력 문제는 차치한다고 하더라도 말이다.

하지만 대꾸하지 않았다.

'안 그래도 정신은 안드로메다로 가있는데, 몸까지 우주로 보낼 순 없지.'

난 아직 한 교수가 필요했다.

그러나 한 교수는 집요했다.

"사랑하는 제자야, 내가 설계할 테니까 너는 만들어주기만 하면 돼! 어떠냐?"

'어떻긴 뭐가 어때요. 어림도 없지.'

대꾸하지 않았다. 한 교수의 미래는 전통 건축과 연관이 있다. 그는 전통 건축에 흥미가 있기도 하지만 잘 파고든다. 그와는 궁합이 잘 맞다는 표현이 적당할 것이다. 그리고…… 아쉽지만, 그가 늘상 주장하는 우주 건축은 아직은 시기상조다. 그걸로는, 더군다나 한국에서는 미치광이 소리를 듣기 딱 좋다.

마이어의 개념을 저기서 더 확장시키지 않은 것도 그 이유 때문이다.

그저께 밤에 마이어와 한 교수가 한 목소리로 외쳐 댔었다.

"성훈, 여기서 기둥을 비틀어 보자고, 그럼 꽈배기처럼 건물이 돌아갈 거 아냐?"

"그래, 얼마나 스펙타클하겠어? 그 모습을 한 번 꼭 봤으면 한다고!"

'그건 시기상조라고요. 한 오 년쯤 있다가 2차 발표회 때나 써먹으라고요. 그때도 센세이션일 테니!'

만능열쇠로 써먹을 마이어를 한 번의 점프로 EU 건축 협회 의장 자리에 앉히기는 어렵다. 먼 훗날 적절한 시기에 한 번 더 도약이 필요할 때, 터뜨리면 될 것이다.

내가 말했다.

"시간 없어요. 지금 이것도 빠듯해요. 할 거면 직접 하시든가 저 일본인들한테 시키세요. 그럼 전 손 놓을 테니까."

둘이 씩씩거리며 나에게 인상을 써 댔지만, 할 수 있는 것은 아무것도 없었다. 이들에게 나는 '갑'이었다. 적어도 그때 그 순간만큼은.

그리고 이 정도가 딱 적당했다. 적당히 허구적이어야 개념으로 통한다. 너무 현실성이 없으면 아무리 유럽이라고 해도 망상으로 취급받는다.

'지금도 충분히 로봇 같다고 할 사람 많다고요. 마이어.'

굳이 사적인 감정을 좀 넣자면, 한 교수와 마이어에 대한 소소한 복수라고나 할까!

지금 내 옆에 정말 바쁜 일본인 세 명이 붙어 있다.

그들의 입이 쉴 새 없이 움직이고 있다. 사과를 받아줬더니, 이제 아주 잡아먹을 듯이 친한 척을 한다. 그 입에서 나오는 내용도 그만큼 귀찮다.

소세키가 말했다.

"성훈 상, 우리랑 같이 영화 찍자고. 내가 스필버그한테

주선해 줄게. 응?"

구라야마가 말했다.

"성훈 상, 그럽시다. 난 정말 기겁하는 줄 알았어. 말이 돼? 집이 그렇게 움직인다는 게! 그런 집을 우리 손으로 만들게 될 줄이야."

마사키는 한술 더 뜬다.

"성훈 상, 그 실력이면 스필버그가 모시고 갈 거라고. 그 실력과 기획력에 우리처럼 움직여줄 사람이 있는데 뭐가 걱정이야. 우리랑 같이 일하자고. 부탁이야."

'이 양반들아, 영화배우도 아니고. 뭐! 지금처럼 그렇게 일했다가는 손가락 관절 나가! 난 늙어서도 내 손가락으로 젓가락질하고 싶다고. 꿈 깨! 얼마나 사람을 부려먹으려고.'

마이어를 도운 것은 지극히 개인적인 목적이 있어서다. 그리고 설계 변경을 한 것도 말이다.

어차피 지을 집도 아니다. 목적은 오직 하나! 마이어를 띄우기 위해서다. 마이어는 나의 공을 잊지 않을 거고, 앞으로 유럽 연합의 건축계에서 입지를 확실히 굳힐 것이다.

이 정도 인지도를 받고 명성을 굳히지 못한다면 마이어는 바보일 것이다. 그 정도 융통성은 충분히 있는 사람이었다.

'어중간하게 튀어서는 죽도 밥도 안 되지. 튈 거면 잊지 못하도록 인을 박아야지.'

나는 튀고 싶지 않은데, 발판은 마련해야 되니 마이어만큼 좋은 재목은 없었다. 그리고 마이어가 좋고, 마이어도 나를 좋아한다. 이보다 더 좋은 관계가 어디 있는가?

"아오! 됐거든요. 당신들이나 스필버그랑 해요. 전 생각 없어요!"

버럭 고함을 질러도 꿈쩍도 안 한다.

소세키들도 이미 알고 있다. 나란 인간이 이 정도로 분노하지 않는다는 것을. 자기네 나라를 까대도 눈 하나 꿈쩍 안 하는 사람인데, 이 정도로는 간에 기별도 안 간다는 것을 너무나 잘 알고 있다. 이런 간악한 일본 놈들!

내가 그림을 그려도, 걸음을 걸어도, 화장실까지 따라와서도!

뭘 할 때마다 엄지를 들며 치켜세운다. 흠, 화장실에서 쌍엄지 치켜든 건 기분이 좋았다. 크흠!

'이러다가 교주라도 되는 거 아냐!'

시켜준 대도 나는 전혀 그럴 생각이 없다. 이런 특촬물 오타쿠들의 주인이 되어서 뭘 한다는 건가? 세라복 입은 처자들이면 눈이라도 즐겁지.

'난 박람회를 보러 온 거라고. 제발 저리 꺼지라고. 공부하는데 방해된다고! 아흑, 돌아버리겠네.'

집요한 일본인들은 포기를 모른다. 젠장.

한 교수와 마이어가 이야기를 하는 모습이 보인다. 나는 관객들에게 설명하느라 바빠 죽겠는데, 얄밉다.

'자기 부스에서 설명을 해도 시원찮을 판에 저 구석탱이에서 뭘 하고 있는 거야! 어허, 웃기까지 하네.'

10장
박람회

성훈은 박람회 부스에서 관객들과 이야기를 하고 있다.

한 교수와 마이어는 멀찍이 떨어져서 그 광경을 지켜보며 이야기를 나눴다.

“한! 자넨 도대체 뭐 하는 친구야! 저런 걸 어떻게 가르쳤나?”

“내가 가르친 거 아냐! 지가 알아서 하는 거지.”

“그럼 혼자서 독학했단 말이야?”

“그렇다고 봐야지. 적어도 난 가르친 적이 없거든. 그리고…….”

“…….”

“저걸 가르칠 만한 사람이 있나?”

마이어가 턱을 괴고 천장을 바라본다. 그리고 이내 고개를 흔든다.

"아니, 아무리 생각해 봐도 없어. 있을 리가 없지."

"그래도 이 바닥은 마이어 자네가 더 잘 알잖나. 잘 생각……."

하지만 마이어는 단호하게 말했다.

"없어! 절대로 없어. 내가 아는 한 저 친구들이 최고였어. 그저께까지는. 스필버그한테 직접 추천받았다고."

"나도 그렇게 알고 있었지."

"그런데 한. 봐봐, 저 자존심 강한 인간들이 꼼짝도 못 하잖아."

"하긴 나라도 그러겠다. 배우고 싶어서 옆에서 안달이 났네."

"젊은 친구가…… 정말 대단해."

"그런데 마이어. 웃긴 게 뭔지 알아?"

"뭔데?"

"그냥 손 기술이래! 자기 옆에서 전문가들이 어떻게든 배우려고 알랑방귀를 끼고 있는데, 정작 저놈은 저게 전혀 대단하다고 생각하지 않아."

"허허허, 그냥 손 기술이라고? 손 기술이라. 허허참."

마이어가 힘 빠진 너털웃음을 흘린다.

"자네도 그렇지? 나도 그랬어. 내가 그 말을 듣고 얼마나 어이가 없었는지……."

"저게 손 기술이면 미켈란젤로는 천재라고 불릴 하등의 이유가 없어."

한 교수가 그런 마이어를 바라보며 말을 붙였다.

"더 무서운 건 뭔지 알아?"

"이제 더 놀랄 것도 없어. 말해봐."

"나도 모르겠어."

"허, 이 친구가 장난치나. 모르는 게 뭐가 무서워?"

"저 친구 밑바닥을……."

나름 천재라 불리며 건축을 해왔다. 뭉실뭉실 떠오르는 상상력, 그리고 그 구름을 잡아서 솜사탕이라는 결과를 만들어 내는 것은 천재가 아니면 불가능하다.

대다수의 인간이 할 수 없는, 가늠할 수 없고 상상할 수 없는 영역을 넘나드는 자들을 천재라고 부른다. 그런 자들이 세상의 흐름을 바꾼다.

천재는 천재를 알아본다. 설명할 수 없는 감각으로 서로의 존재를 인지한다.

그러기에 천재인 것이다. 전혀 교집합이 없었던 한승원과 마이어가 친구가 된 것은 그것 때문이리라.

성훈이 천재라고 속으로 인정한 사람들이다. 즐기는 천재들을 따라갈 수 없다고.

한 교수가 자조적인 미소를 띠었다.

"저 녀석은 베일에 가려진 게 너무 많아. 그리고 하나씩 들출 때마다 경악을 금할 수가 없어. 나도 나름 천재잖아?"

스스로의 얼굴에 금칠을 마다 않는 한 교수다.

"그렇지. 나도 인정하지. 한! 넌 천재야."

"그런데 녀석의 일을 보면, 가끔씩…… 난 아무것도 아닌 것 같아. 하하."

이게 배우는 자가 가르치는 자에게 느끼게 할 감정인가?

"잘난 척이라도 하면 화라도 낼 텐데. 녀석은 그런 것도 없어. 그냥 손 기술이래. 기가 막혀서."

"그런데 왜 데리고 있냐?"

"내가 데리고 있는 거 아냐. 지가 제 발로 스스로 찾아온 거지."

"한! 그렇게 신경 쓰이면 쫓아내 버려!"

마이어가 실실 웃는다. 무슨 생각일까?

"크크. 누구 좋으라고."

한 교수가 마이어의 옆구리를 쿡 찌른다.

마이어의 웃음에 담긴 의미를 한 교수는 안다.

제 마음에 들면 머리라도 조아려서라도 옆에 두려 하는 아주 괴상막측한 천재. 마이어!

그가 다음에 머리 조아릴 인간은 성훈일 것이다. 한 교수가 없다면 말이다.

"좋겠다, 한!"

"그래, 좋다. 부럽지?"

"부러우면 지는 거라며. 한국 속담에. 불쌍하면 빌려줘."

"안 돼. 내 거야. 얼마나 재밌을지 자네도 알 텐데."

"칫. 그럴 거면 뭐 하러 그런 말을 해. 사람 약만 오르게."

약올라 하는 마이어를 보며 한 교수가 피식 웃었다.

"자네도 나도 스스로 천재입네 하지만 녀석에 비하면 초라하지."

"크, 너무 훅 들어오는데…… 속은 쓰리지만 인정할 수밖에."

"녀석은 언젠가 세계 무대에 발을 디딜 거야. 한국이라는 땅에서 머물 인재가 아니야."

"그것도 인정! 성훈에게 한국은 너무 작아."

"그때 제대로 된 레드카펫을 깔아주라고. 떡고물이라도 떨어질지 알아?"

"흐흐, 좋아. 그때는 내가 바톤을 이어받지."

"지금 정도의 명성으로는 녀석의 눈에 차지도 않는 거 알지?"

"알지! 알고말고."

"천재의 등장을 제대로 준비하라고."

두 교수가 농담하며 성훈을 바라보았다.

나는 신이 났다. 신명났다는 표현이 어울릴 것이다. 닷새 동안 한숨도 못 잤지만, 버틸 수 있는 것은 지금 내 앞의 관객들이 보내는 시선 때문이다.

마이어의 작품이지만 내 작품이기도 하다. 그 작품의 컨셉은 마이어보다 내가 더 잘 안다고 자부한다.

사람들이 몰려와서 물어보자 정신없이 대답을 해줬다. 그림까지 슥슥 그려 가면서 말이다.

일본인들? 그들도 바쁘다.

내가 이렇게 말했거든.

"알았어요, 생각해 볼게요. 나중에!"

소세키들이 환호를 지르며, 승자의 미소를 지었다. 저들은 한국인의 '나중에'라는 의미를 모르는 것이 분명하다.

나는 속으로 되뇌었다.

'나중에. 나중에. 아주 아주 나중에!'

그 말 이후, 순한 양이 되어 옆에서 나랑 똑같이 그림을 그려가면서 관객들에게 설명하고 있다.

뭐라도 시키지 않으면 계속 달라붙어 귀찮게 할 것 같아서 손님 응대를 시켰더니 잘한다.

일본인 특유의 싹싹함으로 손님들의 귀와 눈을 즐겁게 한다. 그림 실력은 두말할 것도 없는 실력자들이다.

소세키를 필두로 두 사람이 보조하며, 작품의 내용을 설명

중이다.

내 앞에도 한 열댓 명의 사람이 있다. 나에게는 관심이 없다. 내 손만 바라보고 있다.

거칠 것 없이 종이 위를 가로지르는 내 손이 사람들의 눈을 사로잡는다.

설명을 마치고 박람회장을 돌아다녔다. 건축에 관련된 많은 회사가 참가했다.

설비 배관, 독특한 스위치, 에어컨. 심지어 시멘트와 타일까지. 건축이란 이처럼 세상의 모든 것을 망라하는 분야다.

사람들의 시선이 모두 마이어의 시뮬레이션에 쏠려 있어서 그런지 다른 곳은 전혀 붐비지 않았다.

"어? 빌트인 부품이네."

앞으로 한국에서는 빌트인 가구를 사용하는 사람들이 점점 늘어날 것이다. 그리고 그것은 세계적인 추세이기도 했다. 유럽 국가들에 비해서는 땅도 좁고 지가가 비싸니, 한국에서는 필연적으로 아파트 건축이 붐을 이룬다. 지금도 그렇지만 이 후에도 마찬가지였다.

"요즘은 빌트인이 대세지. 암!"

마이어였다. 왔는지도 몰랐는데 어느새 두 명의 교수가 내 뒤를 따라 붙었다.

'지금 당신 작품 걸려 있다고, 뭐가 중요한지 알긴 아는 거야?'

저기 보니 일본인 세 명이 식은땀을 흘리며 작품을 설명하고 있다.

특히 쿠라야마와 마사키는 연신 '아노…… 아노……'를 연발하고 있었다.

'대체 왜 날 따라오는 거냐고!'

나의 인상 찌푸림은 신경도 쓰지 않고 한 교수가 말했다.

"그래, 한국에도 헤펠레 제품이 꽤나 많이 쓰이는 것 같던데."

"당연하지. 제품의 정밀도와 품질은 아무도 독일 못 따라와!"

독일인의 자부심이 넘치는 마이어의 호언장담이었다. 뭐 사실이기도 하고.

빌트인 가구가 많이 사용되면서 건축 설계의 방향도 많은 변화를 겪는다. 설계 시작점에서부터 가구의 공간을 확보해 둬야만 한다. 우리나라도 언제부터인가 주방에서 빌트인이 당연시되어 있었고, 일반 가구-주방 가구를 제외한 장롱류-쪽은 아직도 발전할 것이 많았다.

'헤펠레'를 비롯한 유수의 빌트인 가구 관련 업체들이 줄지어 신제품을 홍보하고 있었다. 마이어 말대로 이제는 '빌트인'이 대세였다. 가구가 들어가지 않으면 아파트의 완공이 되지 않는 시대가 온다.

한 교수가 말했다.

"이젠 일반 주택을 지어도 빌트인 가구를 고려하지 않으면 고객들이 화를 낸다고."

마이어가 말을 이었다.

"다만, 사람들이 편리함만 추구하다 보니 클래식 가구가 많이 죽었어. 가구도 건축의 중요한 요소 중의 하나인데."

편리함은 단순함과 비슷한 말이다. 공정의 단순화는 비용의 절감으로 이어지고, 자본주의 사회에서는 최고의 미덕이다. 우아한 라인과 화려한 문양의 클래식이나 앤틱 가구는 장식적인 용도로만 쓰임새가 고정된다.

편리함이 미덕이라 생각하는 사람들은 차가운 직선만이 존재하는 집에서 무미건조한 삶을 살아간다.

자연의 향은 배제되고, 단색으로 가득한 무채색의 공간에서, 유령처럼 잠들고 기계마냥 깨어난다.

11장 마이어와의 약속

마이어가 강력 추천했다.

"성훈, 독일의 미래형 건축을 보고 가라고."

한 교수는 더 강력하게 반대했다.

"아냐! 중세 건축을 보는 게 나아."

나는 생각했다.

'됐으니까. 그냥 가라고. 당신은 한국으로, 당신은 대학교로. 제발!'

닷새 밤을 새운 내가 부스스 잠을 깨자마자 쳐들어와서는 이런 짓을 하고 있다.

'고생한 사람에 대한 배려도 없냐! 니들은.'

어제 박람회가 끝난 뒤에 뒤풀이도 안 하고 호텔로 돌아왔다. 할 일 끝났으면 자야지. 나도 체력의 한계를 느꼈다고! 한 시간만 더 자자!

"잠은 기차에서 자면 돼. 침대칸 끊어줄게."

마이어가 씩씩거렸다.

'이봐요. 이건 말이여, 양반아! 독일의 미래 건축이 어떻게 되는지는 내가 더 잘 알아. 20년은 꿰뚫고 있어.'

입이 있어도 말 못하는 내 심정을 홍길동 할아버지는 아실 거다. 제발 내 인생의 행보를 니들 멋대로 정하지 말라고.

어찌 된 영문인지 어제부터 이 둘이서 나를 공부시키려고 난리다. 대체 무슨 일이 있었던 거야!

내 공부는 내가 알아서 한다. 누가 시켜서 공부할 나이가 아니지 않나? 43살이!

결국 침대에 걸터앉아 턱을 괴고 한숨을 푹푹 쉬었다. 잠자긴 다 틀렸다.

대충 씻고 식사를 하러 식당으로 내려갔다. 이미 둘은 식사를 끝내고 커피를 마시고 있었다.

뷔페식으로 된 음식대에서 주섬주섬 아무거나 담아서 식탁에 앉았다. 밥맛도 없다. 잠이 필요하다.

앉자마자 마이어가 커피 잔을 내려놓으며 말을 꺼냈다. 이 양반이 진짜!

"성훈, 어제 박람회 뒤풀이에서 사람들이 얼마나 찾았는지 알아?"

날 왜 찾아? 뭔 소리냐며 둘을 쳐다봤다.

그 말을 한 교수가 이어받는다.

"그게 말이야…… 우리 쪽에서 한 시뮬레이션이 대박이 났잖냐."

대박 나는 거야 이미 예상했었고, 그런데 그게 왜?

"끝나고 나서, 뒤늦게 EU의 대기업들이 널 스카우트하러 들이닥쳤거든. 폭스바겐, 다임러, BMW, 아우디까지. 이름만 대면 다 아는 곳이지."

마이어가 흥분했다. 어제의 상황에 분통이 터지는 모양이었다.

"그런데 한! 이 녀석이 자네를 자꾸 숨기려고 하는 거야. 미리 이야기가 된 거야? 성훈, 자네한테도 좋은 기회가 아닌가? 화려하게 세계 무대에 데뷔를 하는데 말이야."

물론 미리 이야기가 된 것은 아니다.

한 교수가 날 보며 머쓱하게 웃었다.

"지금이라도 데뷔하려면 할 수 있어."

내 의향을 묻는 것이다. 혹시 자신이 괜한 짓을 한 것은 아닐까 하는 걱정도 있는 것 같았다.

"아뇨, 잘하셨어요. 교수님."

"성훈, 이건 기회라고, 진짜 큰 기회! 무려 EU의 대기업이야. 한국의 기업들이 아니라고!"

마이어는 이런 기회를 놓치는 것이 진심으로 아까운 모양이었다.

하긴 사람이 명예욕이라는 것이 있는 건데.

하지만 내가 승부를 보려는 것은 다른 것이고, 또한 이런 식으로 내가 알고 있는 미래와 갭이 벌어지는 것을 원치 않았다.

나 하나가 얼마나 큰 영향을 미치겠냐마는. 마이어 말마따나 무려 EU의 대기업이다. 영향이 없을 리 없다.

도찐개찐이라고 생각할 수도 있었다. 어차피 잘 먹고 잘 살고 갑질 하려면 큰 데서 잘되는 것이 좋지 않은가!

'아냐! 이건 나만의 게임이야. 내가 룰을 흐트러뜨리면서 게임을 할 수는 없어.'

여기서 스카우트가 되고 명성을 높이고 높은 자리에 올라가겠지. 그럴 능력도 있다. 그러나 과연 얼마나 갈까? 지금의 나는 기본을 쌓아야 할 때다.

미래를 안다는 것 자체로도 큰 무기가 되겠지만 'Input' 없이 'Output'만 내보내다 보면 언젠가는 텅 비어버릴 것이다.

페달을 밟지 않는 자전거는 언젠가 쓰러진다. 그리고 거기가 끝이겠지. 한 5년이나 갈까? 물론 그래서 번 돈으로 유럽의 미녀들 끼고 살면 된다.

그런데 그것이 싫었다. 난 내가 할 수 있는 일의 수명을 좀 더 연장하고 싶었다. 가능하다면 죽을 때까지 나의 능력을 발휘하고 싶었고, 내 끝을 확인해 보고 싶었다.

그런 나에게 치명적으로 부족한 것이 있다. 바로 기본이다. 이전 삶에서 학교생활을 개판으로 보냄으로써 쌓지 못했던 기본! 그 기본을.

과연 스포트라이트를 받으면서 쌓을 수 있을까? 천재라는 거창한 타이틀을 달고 기본이나 연습하고 있으면 사람들이 '참 겸손한 사람이네요'라고 칭찬해 줄까? 하하. 스스로도 헛웃음만 나왔다. 한 교수의 선택은 옳았다. 지금은 공부를 해야 할 시기다.

미래를 아는 능력? 일 년 뒤에도 십 년 뒤에도 사용할 수 있다. 급하지 않다. 지금은 명성이나 돈이 아니라 명성이나 돈이 되어줄 인맥과 공부의 기초를 다져야 할 때다.

그러나 나는 이런 고민을 누군가에게 털어놓고 상의할 수 없다. 절대로!

"마이어, 난 아직 덜 큰 병아리예요."

"헐, 불사조가 아니고? 자네가 병아리면 나는 계란이야!"

'어이쿠, 이 양반이 나를 너무 높이 보는걸.'

하긴 한 교수처럼 오랜 시간을 보내게 되면 나의 허실을 알겠지만, 단시간에 결과만 본 마이어로서는 그럴 만했다. 충분히 이해가 된다. 그런 만큼 확실히 납득을 시켜야 한다. 집중해야 될 시기에 귀찮은 일은 딱 질색이다.

"난 내 상태를 알아요. 난 기초가 부족해요. 다른 능력 때문에 보이지 않는 것뿐이에요. 한 번 날고 나면 부서져 버릴 정도로 다리가 부실하죠. 난 아직은 다리가 더 굵어져야 한다고 생각해요. 몇 번을 날아도 문제가 없도록."

그러나 마이어는 나의 마음을 이해함에도 납득하지는 못했다. 여전히 찌푸린 미간을 보면 알 수 있다.

"마이어가 나 잘되라고 하는 것, 나도 충분히 알아요. 그리고 진심으로 고마워요. 하지만 난 아직 준비가 되지 않았어요. 지금은 유명세가 독이 될 뿐이에요. 언젠가 때가 되면 스스로 껍질을 깨고 나올게요."

마이어가 붕어처럼 뻐끔거렸다. 이게 25살짜리가 할 말인가?

"성훈 자네, 유명해지고 싶지 않아?"

"마이어, 그건 언제든지 가능해요. 다만 그 시기가 너무 이르다는 거예요. 마이어가 아니었으면 이번 일은 손대지 않았을 거예요. 진심이에요."

한 교수가 나를 거들었다.

"마이어, 성훈이 이 친구가 더 큰 날개를 펴는 걸 보고 싶지 않아?”

마이어가 한숨을 내쉬며 볼을 긁었다.

“쩝, 그렇기는 한데. 난 잘 이해가 안 돼서 말이야. 한! 자네는 이런 말 할 수 있어?”

한 교수가 ‘푸흡’ 하고 웃었다.

“이것 봐, 마이어! 난 이런 재주가 없잖아. 있으면 당장에라도 유명해지고 싶지.”

“그렇지! 이거 봐. 이거 봐. 이게 정상이라고.”

마이어는 양손을 머리 양쪽으로 올리고 돌렸다. 미친 거 아냐? 라는 뜻.

“성훈! 이 친구. 정말 별종이야. 돌아버리겠어. 크하하하!”

결론만 말하자면 마이어도 일단은 납득했다.

“언론과 대기업들은 내가 막아주지. 모르쇠하고 입 다물면 지들이 어떻게 알겠어! 대신 조건이 있어.”

“……?”

“난 성격이 급해. 오래 기다리지 못해. 5년 내로 나와라.”

“노력해 볼게요.”

“알았어. 기다려 보지.”

그러고는 수고했다면서 일만 유로를 놓고 갔다.

계산을 확실한 사람일세. 돈보고 욕하는 사람은 없다. 춤추는 사람은 있어도.

한 교수가 돌아가기 전, 걱정하듯 말했다.

"난 말이다. 비행기에서 말했지만 네가 여행을 하면서 서양 건축의 껍데기만 훑어보고 올까 봐 걱정이다. 예전의 나처럼 말이다. 건축은 사람이 하는 거다. 시류도 사람이 만들어 가는 거다. 모든 것은 사람이 하는 거다. 지금의 건축은 그 위대한 장인들의 흔적일 뿐이다. 흔적에 혹해서 그 안의 정신을 간과할까 걱정이구나."

그는 항상 진지한 자세로 건축을 대했다. 심지어 우주 건축을 말할 때조차도 그는 진지했었다. 그것이 나에게는 가장 큰 가르침이었다.

흔적만 좇다가 흔적이 끊어지면 미아가 된다. 그러나 그 흔적이 어디로 향하는지 방향을 알면 결국은 도달한다.

흔적은 확실할 족적이되, 반드시 그것이 목적지로 도달한다고 확신할 수는 없다.

숲길에서 내가 할 수 있는 방법은 두 가지다. 주저앉든지, 가시덤불을 헤치고 길을 내든지.

그러나 선택지는 하나밖에 없다.

한 교수에게 말했다.

"반드시 살아 돌아가겠습니다."

"큭, 그래. 그게 정답이지. 무사한 모습으로 돌아와라. 할 일 많으니까."

못난 제자 때문에 걱정이 한 아름인 한 교수가 웃으며 돌아갔다.

할 일 많다는 의미심장한 말을 남긴 채.

'이상해. 아무래도 내가 모르는 뭔가가 있어.'

그러나 일단 내 눈앞에 펼쳐진 것은 새로운 세계!

어느 성인께서 말씀하셨다. 내일 일은 내일 걱정해라. 즉, '최선을 다해서 하루살이로 살아라'는 말씀이다.

차에 치이던 그날도 나는 내일 일을 걱정하고 있었다. 하지만 개뿔! 아무 짝에도 쓸모없는 걱정이었다.

이번 생에서의 첫 해외여행! 아니, 전생을 통틀어서도 일이 아니라, 즐기기 위해 떠나는 여행은 처음이었다.

두근거리는 가슴을 안고 호텔을 나섰다.

to be continued

예성 장편소설

Wish Books

그라운드의 사령관

촉망받던 야구 유망주 정찬열!

국내 구단의 러브콜을 거절하고 미국행을 선택했지만
별다른 활약을 보이지 못한 채 묻혀 버렸다.

그런 어느 날,
그에게 기회가 찾아왔다!

눈을 떠 보니 고등학교 3학년?

아직 계약하기 전이라고?!

"두 번 다시 같은 실패는 하지 않겠다!"

야구 역사의 한 획을 긋는 그 현장에
지금, 함께하라!